卍屋龍次 聖女狩り

秘具商人凶艶記

鳴海 丈

コスミック・時代文庫

この作品は二〇〇四年に刊行された「卍屋龍次 血煙り道中」（学研M文庫）を改題し、加筆修正の上、書下ろし一篇を加えたものです。

目次

道中ノ〇　小仏峠《こぼとけとうげ》・闇の中の乙女

1

「若い男を見なかったか、役者みてえな面《つら》の旅の商人だっ」

「大きな風呂敷包みを背負って、かぶってる笠の真ん中に卍《まんじ》の焼き印が押してあるっ」

「そいつは卍屋なんだ！」

三人の旅支度の渡世人は、血相を変えて口々に尋ねた。

その内の一人は三十前の小柄な男で、熟れた通草《あけび》のように紫色に腫れ上がった鼻柱に晒《さら》し布をあてがって、頭の後ろで結んでいた。勘助《かんすけ》という名だ。

もう一人は中肉中背、お岩もどきに右目の上が蜜柑《みかん》を埋めこんだように半球状に腫れ上がり、そこに膏薬《こうやく》を塗った油紙を貼りつけている。二十代半ばで、喜三《きさぶ》郎《ろう》という。

三人目の男は四十前後で、猪首《いくび》で頑丈そうな軀《からだ》つきをしており、無傷だった。源太《げんた》という。他の二人とは違って、場数を踏んできたような貫禄があった。

五街道の一つ、甲州街道の難所——小仏峠を西へ下った中の茶屋の先の、小さな茶屋の前だ。すぐ先を右へ入ると、美女谷《びじょだに》温泉へ行く道がある。醤油《しょうゆ》で煮染めたような茶屋の老婆《ろうば》に向かって、三人は喚《わめ》いているのだった。

寛政《かんせい》二年——西暦一七九〇年、陰暦十月の終わりの寒い夕暮れである。

「ああ、その人なら」と老婆。

「ついさっき、小原宿《おばらしゆく》の方へ行きましたよ。何だか、ずいぶんと急いでいたがね」

「そうかっ」

三人は目を輝かせた。

「野郎め。俺たちが追って来ると知って、あわてて逃げてるんだぜ」

「畜生《ちくしよう》……兄貴が来るのを待ちながら、上石原《かみいしはら》の居酒屋で機嫌良く飲んでた俺たちに、いきなり殴りかかってきた狂犬野郎が！」

「必ず、ふん捕まえて、たっぷりとこの傷の礼をしてやってくだせえ、源太兄貴っ」

勘助と喜三郎が口々に言う。

「わかってるってことよ」

源太は、にやりと嗤《わら》った。

「可愛い弟分たちの仇討《かたきう》ちだ、この上盛《うわも》りの源太様に任せておきな。お前らも知っての通り、頼りになる助っ人もいることだしな」

頼もしい兄貴分の言葉に、二人は勢いこんで、

「そうとなったら、ぐずぐずしちゃいられねえっ」

「行きましょう、兄貴っ」

「おうよ！」

三人は縞《しま》の合羽《かっぱ》の裾《すそ》を翻《ひるがえ》して、小原宿へ続く坂を駆け下りてゆく。それを見送った老婆が、ふんと鼻を鳴らして、

「人にものを訊いて礼の言葉も駄賃もねえんだから、三下《さんした》はやっぱり三下だね」

吐き捨てるように言う。

「――ありがとうよ」

茶屋の奥の暗がりから、そう声がかかった。ころころと柔らかい鈴の音がして、

奥から出て来たのは、長身痩軀《そうく》の若い旅商人だ。片手に持った菅笠《すげがさ》には、卍の焼き印が押してある。

女に見間違《みまご》うほど美しく秀麗な顔立ちをしていた。色白で、顎《あご》が小さく細面《ほそおもて》だ。伸ばした月代《さかやき》の長い一房が、左の頬にかかっている。右に落ちた房は、涼やかな眉にかかっていた。

品の良い唇には、女たちの胸を熱くさせずにはおかないような甘さが漂っている。目は切れ長で、睫《まつげ》も長い。

が、その双眸《そうぼう》は異様なほど昏《くら》かった。この世の全てに絶望したような、陰惨な翳《かげ》りがある。

腰の道中差《どうちゆうざし》の鍔《つば》には、古い女雛《めびな》の土鈴《どれい》が下げられていた。さきほど鳴ったのは、この土鈴なのだ。

この男――卍屋の龍次《りゆうじ》という。

「世話になったな」

龍次は、老婆の手に一朱銀《いつしゆぎん》を落とした。

「こりゃどうも」

老婆は顔中で愛想笑いをして、何度も頭を下げる。

茶屋の外へ出た龍次は、笠をかぶり風呂敷包みを揺すり上げると、美女谷温泉への道を歩き出した。背中に老婆の視線を感じながら、足早に歩く。茶屋の方から見えない場所に来ると、龍次は笠を外して、右手の斜面の林に入りこんだ。落葉を踏んで音を立てないように気をつけながら、数日前の雪が溶け残っている林の中を行く。

先ほどの老婆の茶屋の背後を通り抜けて、中の茶屋に近づくと、龍次は林から出て甲州街道へ戻った。中の茶屋の前を通り過ぎる。

今日の昼過ぎ——甲州街道九番目の小さな宿駅である上石原宿で、龍次は居酒屋で遅い昼食を摂った。その時、酔っぱらって小女《こおんな》に悪さをしたり、他の客に因縁をつけたりしていたのが、勘助と喜三郎である。

二人は、「すました顔で飯なんか喰いやがって」と龍次にも絡んできた。その二人を、龍次は、あっという間に叩きのめし、代金を払って店を出たのだ。

以前ならば、勘助たちのような三下奴《やっこ》は適当にあしらう龍次であったが、今の彼は自分を抑えることが非常に難しくなっている……。

そして、小仏宿の手前の駒木野宿《こまぎのしゆく》にある関所で、順番待ちをしている時に、三人組の渡世人が若い旅商人を探しているという噂を聞いた。それが自分のことらしいと直感した龍次は、小仏峠の頂上から見下ろした時に渡世人たちが上ってくる姿を発見し、先ほどの茶屋の老婆に因果を含めて身を隠したのであった。

三人の報復が恐ろしかったわけではない。今の龍次に、恐ろしいものなど何もない。ただ、居酒屋の時と違って、今度は相手を斬らなければならないだろう。それが面倒だったのだ。

小原宿へ向かった源太たち三人は、遅かれ早かれ、龍次が宿場に着いていないことを知るだろう。そうなれば、すぐに先ほどの茶屋に引き返して来て、嘘をついたのかと老婆を締め上げるに違いない。いや、締め上げられる前に、老婆の方から礼金目当てに、龍次の行く先を売りこむかも知れない。

だからこそ、龍次は、わざと美女谷温泉に向かう姿を老婆に見せておいて、ひそかに林の中を通り抜けたのである。

小仏峠は、標高五六〇メートル。高尾山《たかおさん》の北西、武蔵国と相模国の国境にある。街道の両側はV型の斜面だ。下界と違って、草鞋《わらじ》を履いた足先が痺れるほど寒い。

西の空はまだ明るかったが、林の中をゆく街道は、すでに薄闇に染められていた。

小仏峠の頂上には数軒の立場茶屋があり、旅人を泊めることさえできる。その頂上まで、あと半町と近づいた時、突然、左手の斜面から、転がり落ちるように飛び出して来た人影があった。

十代半ばの若い娘であった。

「助けてください、お願いしますっ!」

その娘は叫んだ。

2

西から小仏峠へ上っていくと、頂上の少し手前に、南へ向かって上り坂になった道がある。高尾山道と呼ばれている。

卍屋龍次は、娘を連れて、その高尾山道を南へ向かっていた。二人とも、真新しい菅笠《すげがさ》をかぶっている。その笠は、頂上の茶屋で娘に買わせたものだ。

娘の名は、お染《そめ》といった。

下ぶくれで、黒々とした大きな瞳にふっくらとした唇という可愛い顔立ちをしている。年齢は十八というから、現代の感覚にすると、二十代半ばくらいであろう。子供の一人や二人、いてもおかしくない年頃だ。

着ている衣服は粗末なもので、一応、手甲脚絆《てっこうきゃはん》に草鞋履《わらじば》きという旅支度をしているが、荷物は持っていない。膝や臀《しり》が土で汚れているのは、何度も転んだからだろう。

いきなり龍次の前に出現したお染は、理由も何も言わずに、どこへ行くのでもいいから自分を一緒に連れて行ってくれ——という。最初は断ろうとした龍次であったが、すぐに考えを変えた。

卍の焼き印のある笠は目立ちすぎるから、普通の笠に買い換えたいのだが、それを自分でやると源太たちに手がかりを残すことになる。だから、金をやって、お染に買いに行かせたのだ。その見返りとして、同行を許したのである。卍の笠は、道から見えない場所に捨ててきた。

ほぼ新月の夜に提灯《ちょうちん》を使うと、半里先からでも目立つから、龍次は星明かりだけを頼りに歩いていた。お染も息を切らせながら、何とか彼について来るから、山育ちだろうことは想像がつく。

四《し》半刻《はんとき》ほど歩くと、急に開けた場所に出た。かつて、八王子城の出城があったという城山《しろやま》の頂上である。今は、出城の跡形もない。

標高六七〇メートル。晴れた昼間ならば、丹沢山塊《たんざわさんかい》を眺望できる場所だが、新月の今は、星明かりの下に黒々とした山影が蹲《うずくま》っているだけだった。

龍次は、適当な若木を道中差で斬って、即席の杖《つえ》を作り、

「使いな」

お染に渡した。連れにしてから、初めての言葉であった。

「ありがとうございますっ」

娘は、にっこりと微笑《ほほえ》む。

その城山から尾根道は二つに分岐して、下り坂になっている。左の道が高尾山の頂上へ、右が大垂水峠《おおたるみとうげ》へゆく道だ。龍次は、右の道を選んで下る。

少し行ってから、提灯をともした。甲州街道からは城山の陰になっているから、もう灯は見えないだろう。それに、下り坂は足を痛めやすい。お染に捻挫《ねんざ》でもされると厄介である。

杖と提灯のおかげか、お染には何事もなく、さらに四半刻ほどして、二人は東西に伸びる街道にぶつかった。ここが大垂水峠である。実は、この街道こそ、旧甲州街道であった。

江戸時代初期、代官頭《がしら》兼八王子総奉行の大久保石見守長安《いわみのかみながやす》は、古八王子城道

と甲州街道の間に、新しい街道を設置した。これが現在、正式に甲州街道と呼ばれて五街道の一つとされている道である。元の甲州街道は旧道となり、地元民以外の通行者はほとんどない。

今も、龍次たち以外の人影はなかった。

「おい」

峠で立ち止まった龍次は、お染に声をかけた。

「この街道を、右へゆけば小原宿、左へゆけば八王子宿につく。俺は、八王子宿に一泊するつもりだが、お前はどうする」

「あ、あたしも、八王子宿に連れていってください」

疲労のにじんだ声で、お染は言う。

「……少し休むか」

峠のそばに、土地の者が薪取《たきぎと》りに使う小屋があった。二人は、そこに入りこむ。土間と六畳ほどの板の間があり、囲炉裏《いろり》が切ってある。土間には、薪《まき》が積んであった。

龍次は、その薪を使って囲炉裏に火を起こし、汲み置きの水を入れた鉄瓶《てつびん》を自在鈎《ざいかぎ》に掛ける。そして、囲炉裏の脇に紙にくるんだ銭を置いた。

旅人が、このような地元の人々の施設を無断で使わせて貰った場合、このように目立つ場所に礼金をおいてくのが道中の暗黙の決まりになっていた。これを怠《おこた》ると、土地の百姓衆に泥棒扱いされても文句が言えない。

空腹と寒さで疲れ切っていたお染も、火にあたり、白湯《さゆ》を腹に入れると、ようやく人心地ついたようであった。頬に血色が戻る。彼女は、龍次の斜め前に座っていた。

「あの……訊《き》いていいですか」

遠慮がちに、お染は口を開く。

「何だい」

細く割った薪を囲炉裏に足しながら、龍次は言う。

「龍次さんは、ひどく寂しそうなお顔をなさっていますが……何かご不幸でも？」

「………………」

ぴしっ、と彼が手にしていた枯れ枝が折られた。顎から首にかけての筋肉が盛り上がり、すぐに弛緩《しかん》する。

「――別に、何もありゃあしないよ」

視線を膝に落としたままで、龍次は、ぼそっと言った。

しばらくの間、気まずい沈黙が続いた。お染は、気を取り直して、

「では、小仏峠のところで捨てた笠についてた卍のしるし、あれはどういう意味ですか」

「俺の商売が卍屋だからさ」

「卍屋……」

「男と女が閨《ねや》の中で使う淫具や媚薬を売り歩く稼業だよ。大声で売り声をあげると、かえって客が困るから、あの笠を旅籠《はたご》の軒先《のきさき》に下げるのさ」

龍次は、素っ気ない口調で説明する。

「まあ……！」

十八娘は、龍次の横顔と彼の後ろに置かれた風呂敷包みに交互に目をやって、真っ赤になった。乙女らしくあわてて俯《うつむ》いた顔が、すぐに何やら緊張した表情になった。

再び顔を上げた時には、無理に作った不自然な笑みが貼りついている。

「龍次さん……こんなことを突然お願いしたら、さぞかし軽蔑されるかも知れませんが……抱いてくださいっ」

3

龍次は無言で、お染の顔を見つめた。彼女の瞳には、欲情の焔《ほのお》ではなく、もっと別の必死の色がある。

「お前さんは、見たところ生娘《きむすめ》のようだが……」

「はい」と頷いてしまってから、すぐに、

「いえっ、でも……龍次さんは江戸の方《かた》でしょう。あたし、前から、女にして貰うなら江戸の男の人にしようって、決めてたんです。お願いしますっ」

薬代がないのに医者に往診を頼む時のような、切羽《せっぱ》詰《つ》まった口調であった。たとえ男知らずのおぼこ娘であっても、このような申し出をする時には、もっと甘ったるい媚《こ》びがあるはずなのだが……。

形の良い龍次の唇の片端が、くっと吊り上がった。皮肉っぽい笑みを浮かべたのだ。

「いいだろう、抱いてやる」

立ち上がると、龍次は、お染の前に仁王立ちになった。黒い川並《かわなみ》の前を開いて、下帯の中から肉塊《にくかい》を摑《つか》み出す。まだ柔らかい休止状態なのに、普通の男の勃起時と同じほどの体積があった。

「あっ」

お染は反射的に、両手で顔を覆ってしまう。が、龍次は、その手を払いのけると、ふっくらした唇に肉根の先端を押しつける。

「口を開きな。まずは、お前さんを女にする魔羅《まら》に、挨拶をしてもらおうじゃないか」

娘の唇にこすりつけている内に、龍次のそれは屹立《きつりつ》した。

巨《おお》きい。長さも太さも、普通の男の倍以上だ。玉冠《ぎょくかん》と茎部との境の段差が、著《いちじる》しい。全体が薔薇色《ばらいろ》に輝いている。

しかも、二匹の龍が螺旋状《らせんじょう》に巻きついていた。休止状態の時には、見えなかった絵柄だ。〈姫様彫《ひめさまぼ》り〉と呼ばれる特殊な彫物《ほりもの》なのである。

その石のように硬い双龍根を、処女の口の中にねじこむ。そして、彼女の頭を両手で押さえると、ぐいっぐいっと腰を使った。強制口姦である。

「ん……ぐぐっ……」

情け容赦なく巨砲で喉の奥まで突かれて、お染は苦しそうに呻《うめ》く。口の端から唾液が垂れた。散々に彼女の口内を蹂躙《じゅうりん》してから、ずぼっと音を立てて、引き抜く。

お染を仰向《あおむ》けにすると、手早く裾前《すそまえ》を開いて、下肢《かし》を広げた。囲炉裏《いろり》の火に、生娘の下半身が赤々と照らし出される。

やはり、日々の労働で鍛えられた肉体であった。太腿《ふともも》もふくらはぎも、引き締まっている。

秘毛は薄く、亀裂の上の方に、一つまみだけ生えている。ほとんど無毛に近い。亀裂から朱色の花弁がはみ出していた。

龍次は、怒張した巨根を右手で握ると、お染の唾液に濡れた先端を、亀裂にこすりつける。ぬちゃぬちゃ……と卑猥《ひわい》な音がした。

「ああ……」

固く目を閉じて顔を背《そむ》けているお染の唇から、喘《あえ》ぎ声が洩れる。龍次の巧みな愛撫によって、花弁は充血して膨れ上がり、左右に口を開く。

その奥から、透明な愛汁《あいじゅう》がにじみ出した。さらに巨根の先端でこねまわすと、その愛汁は白く泡立つ。

頃良しと見た龍次は、巨砲を前進させた。ずん……と奥の院まで一気に貫く。

聖なる処女の肉扉を引き裂かれて、さすがに、お染は仰《の》け反《ぞ》った。その時には、長大な男根の三分の二までが、彼女の体内に埋まっている。花壺が、きちきちと龍次の分身を締めつけていた。

「ひいイイ……っ！」

龍次は、赤ん坊の襁褓《おしめ》を取り替える時のように、お染の両足首を摑むと、V字型に立てて、臀《しり》を浮かした。そして、力強く腰を動かす。

苦痛を訴えるお染を無視して、龍次は責めた。責めて責めて責めまくる。そして、熱い溶岩流を大量に放った。ぐったりとなったお染の軀《からだ》から、まだ硬いものを引き抜くと、しゃぶらせる。

「しゃぶって、きれいにしな」

冷酷に命ずる。破華《はか》の血と聖液と愛汁にまみれたそれを、お染は虚《うつ》ろな目つきで浄《きよ》めた。囲炉裏の火を反射して、てらてらと光るそれは、射出したばかりだというのに、雄々《おお》しい仰角《ぎょうかく》を保ったままであった。

龍次は、お染の肉体を裏返しにして、獣《けもの》の姿勢をとらせた。そして、臀の双丘《そうきゅう》の間からのぞく赤茶色をした排泄孔《はいせつこう》に、巨砲の先端をあてがう。

「な、何を……」

戸惑うお染に構わず、後門に突っこんだ。

「――っ！」

お染の悲鳴は、凄まじいものであった。今度は、巨根の根元まで深々と挿入される。括約筋《かつやくきん》の締めつけは、痛いほどだ。

「どうだい。お前さんの希望通り、江戸の男が、口・女壺《にょつぼ》・後門の三つの操《みさお》を犯してやったぜ。これで満足したか」

彼の残酷な問いに、お染は答えることができなかった。歯を喰いしばって、激痛に耐えているだけだ。

龍次は、荒々しく直腸を抉《えぐ》る。お染は泣き叫んだ。

「堪忍してっ、死ぬ……もう、壊れてしまうのっ！」

だが、荒々しく犯されているうちに、悲鳴は悦声《よがりごえ》に変わってしまう。苦痛の頂点を越えたために、お染は被虐の官能に目覚めたのだ。

「あふ……あふ……お願い、もっと苛《いじ》めてぇ……」

瞳の焦点は虚ろになり、唾液を垂らしながら、お染は正気を失った者のように哀願する。龍次は、臀の肉を鷲摑《わしづか》みにして、責め貫きながら、

「言って見ろ。どんな魂胆《こんたん》があって、俺に抱かれたんだ。まさか、あの渡世人ど

もに頼まれたんじゃあるまいな」

頼りになる助っ人がいる――と源太が言ったことを、龍次は思い出していた。

「そ、それは……」

お染が何か言おうとした時、薪小屋の戸が蹴り破られた。

「野郎っ！」

吠え声を上げながら、道中差《どうちゅうざし》を振りかぶった中年の男が、龍次に斬りかかってきた。

「ちっ！」

龍次の手が、板の間に置いた道中差にかかったと見るや、銀光が閃《ひらめ》いた。

男の動きが止まった。それから、糸を切られた操《あやつ》り人形のように、くたくたと囲炉裏の中に倒れこむ。

鉄瓶《てつびん》がひっくりかえり、もうもうたる灰神楽《はいかぐら》と血柱が天井まで噴き上がった。

同時に、龍次は、お染の臀の孔《あな》の奥深くに、したたかに放っていた。

4

菅笠《すげがさ》を目深にかぶった卍屋龍次は、ただ一人で、旧甲州街道を八王子に向かって歩いていた。すでに、辰《たつ》の上刻《じょうこく》――午前八時をすぎている。

後門凌辱《りょうじょく》の真っ最中に薪《まき》小屋に飛びこんで来た男は――地獄人《じごくにん》であった。お染が言うには、久米八《くめはち》という名だった。

地獄人とは、悪質な女衒《ぜげん》のことである。

善良な女衒――というのは、あまり見あたらないだろうが、彼ら地獄人は、買い取った娘を蝦夷《えぞ》地《ち》や佐渡島《さどがしま》など生きては帰れぬ場所に平気で売り飛ばす。それに、見目容貌《みめかたち》の美い《よ》娘を見つけると、金を出して買うのではなく、強引に拐《かど》わかすことまでやってのける。その非道さが、地獄人という呼称の由来だ。

もっとも、地獄人も女衒も、買ったばかりの娘を犯して徹底的に嬲《なぶ》り抜くというから、あまり差はないかも知れない。犯しまくる理由は、抵抗する気力を奪いとるためであるし、すぐに客をとれるように軀を慣らしておくという意味合いもある。

お染は甲州の勝木村《かつきむら》の貧しい百姓の娘で、隣村の親戚のところへ行く途中に、地獄人の久米八にさらわれたのだという。そして、久米八の隙《すき》を見て逃げ出して、龍次に出会い、助けを求めたのであった。

「――なるほど、そういう理由だったのか」

身繕《みづくろ》いをしながら、龍次はお染に言った。

小仏峠の頂上の茶屋でお染に笠を買わせたのが、間違いだった。店の者は、お染が高尾山道の方へ行くのを見ていたに違いない。それを、久米八は聞き出したのだろう。

「江戸の男に憧《あこが》れていたとは、よくぞ語ったもんだ。生娘《きむすめ》の身で俺に抱かれ、それを恩に着せて邪魔な地獄人を斬らせるという筋書きかい。海千山千《うみせんやません》の莫連女《ばくれんおんな》も顔負けの悪知恵だな」

「そ、そんな……」

「お前さんの思い通りになったんだから、満足だろう。さっさと、家なりどこへなりと帰るがいい。俺は、これからホトケの始末をしなきゃならねえ」

「聞いてください、龍次さん。あたしは……」

「何だ。次は、どんな出まかせだ。俺に惚れたとでも言うつもりか」

「……」

お染は俯《うつむ》いた。

「早くゆけ、俺は忙しいんだっ」

叩きつけるように強い口調で言われて、十八娘は、のろのろと股間の後始末を して、身支度を整えた。そして、ぺこりと無言で頭を下げ、龍次にもらった杖《つえ》を 手にして、薪小屋を出て行った。

龍次は、小屋にあった鍬《くわ》を使って、近くの繁みの蔭に穴を掘ると、久米八を埋 葬した。それから、小屋の中に飛び散った血と灰を丁寧に拭き取る。冬場だとい うのに、額《ひたい》に汗の珠《たま》が浮く大仕事であった。身を守るために倒した相手ではあっ たが、役人沙汰になると面倒なのである。

ようやく後始末が終わって、龍次が薪小屋を出たのは、夜明け直前であった。 もう少し遅かったら、土地の百姓と顔を合わせていたかも知れない。

（女は魔物だな……）

人けのない道を歩きながら、龍次は胸の中で呟《つぶや》く。

（お染は案外、俺と久米八が共倒れになることを狙っていたのかも知れねえ。己《おの》 れの純潔を餌にして……大した阿魔《あま》だぜ）

そろそろ右手の向こうに信松院《しんしょういん》の塀《へい》が見えて来た時、曲線を描いた道の端に若い娘が座りこんでいるのが見えた。お染であった。

龍次は険しい顔つきになると、足を速める。

「あ……龍次さん、待ってくださいっ」

目の前を通り過ぎようとする龍次に、お染は、あわててすがりついて押し止める。

「お話が、お知らせしたいことがあるんですっ」

「聞きたくないね」

すげなく、その手を振りほどくと、龍次は再び、歩き始める。

その時、緩《ゆる》く曲がった道の向こうから、三人組の渡世人が姿を現した。源太たちであった。

「おおっ」

「野郎だっ」

勘助と喜三郎が、藻掻《もが》くようにして長脇差《ながどす》に手を掛けた。先頭の源太は、匕首《あいくち》でも抜くつもりなのか、懐《ふところ》に右手を突っこむ。が、懐から出した手を、ひゅっと打ち振った。

「危ないっ！」

お染が、龍次の前へまわりこんで、その胸にかじりつく。その彼女の背中の真ん中に、何か深々と突き刺さった。

長さ六寸ほどの槍穂《やりほ》に一尺くらいの柄をつけた凶器であった。柄《つか》の末端には長い紐《ひも》がつけられて、その反対側の端は、源太の右手首の輪に結ばれている。

打根《うちね》と呼ばれている隠し武器であった。源太の言っていた〈頼りになる助っ人〉とは、この打根のことだったのだ。

「う……」

五体から力の抜けたお染は、くたくたと道に倒れこんでしまう。

「くそっ」

源太は右腕を振って、紐をしゃくり戻す。投げっ放しの手裏剣《しゆりけん》などと違い、この紐によって、一本だけで何度でも使えるのが打根の長所だ。

その打根が宙にあるうちに、龍次は笠と風呂敷包みを捨てて突進していた。

打根を源太が受け止めるよりも早く、ころーんという土鈴の音とともに、龍次の道中差《どうちゆうざし》が銀光を曳《ひ》いて彼の胴を薙《な》ぐ。

そして、その刃《やいば》は、源太の斜め後ろにいた喜三郎の首筋を斜め下から断ち割った。さらに、身を翻《ひるがえ》した龍次は、勘助を袈裟懸《けさが》けに叩っ斬る。

「おわわわっ」

割れた脇腹から大量の血とともに流れ落ちようとする臓腑《ぞうふ》を、源太は、あわてて両手で腹の中に押しこむ。その間に、喜三郎と勘助は血飛沫《ちしぶき》を噴いて、倒れていた。

「……………」

龍次は、源太の前に戻った。

「助けてくれ、死んじまう、死んじまうようぅっ」

哀れっぽい声で、源太は命乞いをする。その両眼は、恐怖と激痛のために真っ赤に充血していた。

龍次は、無言で道中差を横に振る。源太の首が、血の尾を曳いて飛んだ。二間《にけん》ほど先の地面に落ちて、転がる。その時には、首のない源太の軀も、ゆっくりと横倒しになった。

手早く道中差を血振《ちぶ》り納刀した龍次は、お染の所へ戻った。すでに、その軀の下には赤黒い血溜まりが出来ている。無論、背中は真っ赤に濡れていた。

「おい、しっかりしろ」

地面に片膝をついた龍次は、お染の頭を、そっと膝の上に乗せてやった。

「あの人たちが……龍次さんを待ち伏せすると茶屋で話しているのを聞いて……飛び道具があるからって……あたし……それを教えようと思って……」

「すまなかったっ」

龍次の盾になった時から、すでにお染の真心は疑うべくもなかった。が、お染の傷は致命傷であった。龍次は歯がみする。

「あたし……久米八にさらわれて、生娘市《いち》というのに売られるはずだったんです……だから、龍次さんに抱かれて男を知れば、売られなくて済むかと思って……」

「疑って悪かったよ」

「いえ……売られるのはいいんです……でも……ちゃんとお金を貰わないと……弟や妹たちがかわいそう……だから久米八から逃げ出して、普通の女衒を見つけようとしたの……」

何という娘だろう。お染は、あらためて身売りするために、自分を拐《かどわ》かした地獄人から命がけで逃走したのである。きちんと前借金を貰って、故郷の弟妹が飢えずにすむように。

「お染、許してくれっ」

血を吐くような龍次の声は、しかし、血の気の失《う》せたお染の耳には届かなかったようだ。

「ごめんね……ごめんね……」

龍次にか、それとも故郷の弟妹にか、詫びの言葉を呟いてから、がくりとお染の首が垂れてしまう。

「お染……」

龍次の両眼から熱い涙が溢れる。

（俺が本気で話を聞いてやれば、この娘は死なずにすんだんだ。俺が、この不幸な娘を殺したんだ。おゆうを救えなかった俺が、また、助けてやれたはずの娘を助けてやれなかったんだ……俺は……俺は……っ！）

かくも無惨な巡りあわせを自分に与えた神仏を呪いながら、龍次は肩を震わせて、いつまでも血まみれの娘の亡骸《なきがら》を抱きしめていた――。

道中ノ一　六道《ろくどう》の辻に死す

1

「――お名前を侑姫《ゆうひめ》様と、おっしゃるのだそうですよ」

隣の部屋で、絹商人の男が言った。

それを耳にした若者の軀《からだ》が一瞬、強《こわ》ばった。

女と見間違《みまご》うほどに美しい若者であった。

月代《さかやき》は剃らずに、前髪を左右に分け、左の房は長く頬まで垂らし、右の房は眉《まゆ》にかかっている。

その眉は、小筆で描いたように細く一直線に伸びて、涼やかだ。

色白で、なめらかな肌をしている。

目は切れ長で、睫《まつげ》が長い。鼻筋が通り、品の良い唇をしている。

細面《ほそおもて》で、顎《あご》の形は鋭角をなしていた。

役者にしたいような佳《よ》い男——という誉め言葉があるが、この若者は、並の役者や女形《おんながた》が束になっても敵《かな》わないほどの、美形であった。

ただ——蒼《あお》みを帯びた双眸《そうぼう》には、世の中に絶望し切ったような深い憂《うれ》いの色がある。

その翳《かげ》りが、稚児もどきの美貌に、ある種の凄みと漢《おとこ》っぽさを与えていた。

端麗ではあるが、女々《めめ》しい感じや甘さは全く、ない。

この若者は江戸生まれで、年齢は、二十四歳。

名を、龍次《りゅうじ》といった。

「…………？」

龍次の下腹部に顔を埋《うず》めていた女中が、剛根を咥《くわ》えたまま彼の顔を見上げたが、離れる気配がないと知って、すぐに吸茎作業を再開する。

女中は、お藤《ふじ》という。

年齢は十八歳で、二ケ月ほど前から、京の河原町通《かわらまちどおり》にある旅籠《はたご》、この〈山岡屋《やまおかや》〉で働いている。

女主人・お秋《あき》の情人《いろ》である龍次の、世話係兼女中として雇われたのだ。

幼い顔立ちに反して、お藤は好色《いろごのみ》であった。

奉公を始めて三日目、お秋が留守をした時に、龍次の暗い美貌に惚《ほ》れて、自分から言い寄って来た。

勿論《もちろん》、生娘《きむすめ》ではない。その小柄な肉体は、とっくに熟れ切っていた。

お藤は、この年齢で〈百人斬り〉を達成していたという勇者《つわもの》である。

龍次の極太の器官が侵入しても、裂傷を負うようなことは、なかった。

口では苦しがりながらも、積極的に腰をまわして剛根を貪《むさぼ》るほどであった。

それに、この時代の庶民の娘は、十代半ばで嫁に行くのが普通なのである。

〈少女〉というのは十二歳までで、十三歳からは〈娘〉と呼ばれる。

適齢期は十三から十八まで、十九歳からは〈女〉と呼ばれ、二十歳で〈年増《としま》〉、二十代後半で気の毒にも〈大年増《おおどしま》〉と呼ばれてしまう。

それというのも、江戸時代の庶民の平均寿命は三十代半ばだったからだ。

日本で最初に平均寿命が算出された明治二十四年には、西洋医学がかなり普及していたが、それでも、男性が四十二歳、女性が四十五歳である。

まして、江戸時代には乳幼児の死亡率が高く、薬は漢方薬だから、大人でも重病や大怪我をしたら助かる可能性が低かった。

それゆえ、〈家〉の維持の観点からも、女性はなるべく早く結婚して、なるべく多くの子供を生むことを要求されたのである。

吉原の遊女は十三、四歳から客をとるし、武士も庶民も、男児は原則として十五歳で元服――成人式を行った。

それゆえ、現代の感覚で、この時代に生きている人々の心情や行動を理解するためには、実年齢に五歳から十歳ほど上乗せする必要があろう。

つまり、お藤は、現代で言えば二十二歳から二十八歳、龍次は二十九歳から三十四歳ということになる……。

お藤の花孔の収縮力は抜群だ。

しかも、技巧にも長《た》けていた。

逞《たくま》しいものに突き上げられて絶頂に達すると、好色娘は、全身を痙攣《けいれん》させて失神する。

お藤は、龍次の巨根と底知れぬ精力に夢中になった。

それ以来、機会あるごとに、龍次と関係した。

お秋も、店の者も、まだ二人の情事には気づいていない。

今日も、薄暗い布団部屋に龍次を誘い入れたのは、お藤の方である。

誰かが板戸を開けた時に、すぐに離れられるように、本格的な性交ではなく、口淫を行う。

「旦那様……濃いのを、飲ませとくれやす」

布団の山にもたれかかり、立ったままの龍次の前に、襷架《たすきが》けをしたお藤が跪《ひざまず》いた。

そして、男の着流しの前を割り、下帯を緩《ゆる》めて、雄大なものを摑《つか》み出したのである。

さすがに百人斬りの猛者《もさ》だけあって、お藤の愛技は、そこらの年増が足元にも及ばないほど、卓抜していた。

まだ柔らかい男根を両手で捧げ持ち、まず、重く垂れ下がった布倶里《ふぐり》に唇を押しつける。

ゆっくりと袋全体を舐めまわしてから、尖らせた舌先で、左右の瑠璃玉《るりだま》を突ついた。

それから、布倶里を唇で挟んで、引っぱる。

さらに、袋の真ん中の縫い目を、何度も舐め上げるのだ。

一流の遊女も顔負けの淫技だ。

甘美な刺激を受け、龍次のものは、天を指して隆々《りゅうりゅう》と聳《そび》え立つ。

「ああ、巨《おお》きい……こない立派なもの、うち、見たことも聞いたこともあらしまへん……」

肉茎の根元に口づけしながら、お藤は囁《ささや》いた。

「それに、石の地蔵様みたいに硬《かと》うて……」

剛根を握り締めるが、女の細い指がまわり切らないほど太い。

しかも、根元から玉冠《ぎょくかん》まで、怪奇な姿の二匹の龍が巻きついている。

男根が勃起した時にだけ絵柄が見える〈姫様彫《ひめさまぼ》り〉の双龍だ。

浮き上がった血管の上に彫ってあるので、まるで生のあるものの如く、脈動している。

その剛根を、お藤は上から下まで何度も舐めまわした。

舌と唇を駆使しながら、両手で、布倶里の中の瑠璃玉を一つずつ持ち上げる。

そして、交互に落とす。

〈くもの摑み〉と呼ばれる高級淫技である。

〈くもの〉とは、〈供物〉のことであろうか。

さらに、お藤は、直立した男根を水平近くにまで倒して、横咥えにした。

仔猫が水を飲むような音を立てて、しゃぶる。

――そのような痴技を彼女が行っている最中に、隣の部屋に客が入って来て、大声で話を始めたのだった。

「宍倉藩《ししくらはん》の侑姫様か。たいそう綺麗なお方らしいなあ」

絹商人と相部屋になっている、薬売りが言った。

二人とも江戸者らしい。

「そりゃ、あなた。姫様は今年で二十一、天女も弁天様も恥じらうような、典雅にして、優美な美しさと伺《うかが》いました」

「その別嬪《べっぴん》が、昨日から京屋敷にご滞在なすっているわけだ。一度でいいから、ご寝所へでも忍び入って、ご尊顔を拝したいもんだね」

「ははは。そんな真似をしたら、笠の台が飛びますよ。明日の午後、八坂《やさか》神社に参拝なさるそうだから、行ってみたらどうです」

「祇園《ぎおん》さんか……祇園町の妓《おんな》にも、半年ほど御無沙汰《ごぶさた》してるな」

お藤は、小さな口をいっぱいに開けて、紅色に輝く龍次の玉冠を呑む。

丸めた舌先で、射出孔を抉《えぐ》るように愛撫した。

そして、「美味《おい》しい……」と呟《つぶや》いたが、丸々と膨れ上がった玉冠に邪魔されて、それは声にならない。

「ところで、そのお姫さんは二十一だといってたが、ちょっとばかり年齢がいってるじゃねえか。大名のお姫さんなんてものは、五つ、六つで、お輿入《こしい》れしても珍しかァないのに」

「それが、あなた」

絹商人は、わざとらしく声をひそめて、

「どんな良い縁談があっても、この侑姫様が決して『うん』と言わないのだそうで」

「ははあ。上州《じょうしゅう》のお城には、互いに惚れて好かれて乳繰《ちちく》りあった若侍がいて、そいつに操《みさお》を立てているのだろうよ」

玉冠の下のくびれを唇で締めつけながら、お藤は顔をまわす。

唇の濡れた内側と玉冠の縁《ふち》が擦《こす》れあって、快楽の波動が龍次の腰を熱くした。

「どうも、あなたの話は、すぐに下《しも》がかかっていけない。私は、どこか軀《からだ》に差し障りがあって、お輿入れなさらぬものと思いますな」

「ほほう?」

「――と申しますのもね。侑姫様は、お風呂に入ったり着替えをなさる時には、乳母《うば》の浜路《はまじ》様以外の誰も近づけないというのです」

「そいつは、妙だな。普段は、何人も腰元がついていて、身のまわりの世話をするもんだろう」

「ええ。何か、他人に見られたくない秘密があるとしか、考えられませんね」

「なるほど……。背中に、彫物《ほりもの》でもしてるんじゃねえか」

「十五万石のお姫様の背中に彫物？　そいつはいいですな」

絹商人は笑い出した。

が、それを聞いた龍次の秀麗な顔は、ひどく厳しいものになっていた。

眉間《みけん》に深い皺《しわ》が刻まれ、一月末だというのに、額《ひたい》には汗が浮かんでいる。

お藤の方は熱い巨塊《きょかい》を頬ばり、夢中になって、しゃぶっていた。

「むふ……んぐ……」

口の端から、唾液が糸を引いている。

急に、龍次は、彼女の頭を両手でかかえるようにした。

激しく腰を動かす。

「……っ！」

喉の奥まで突かれて、お藤は呻《うめ》き声を洩らした。

が、逃げもせずに、被虐的《ひぎやくてき》な歓びに顔を輝かせ、男の引き締まった臀《しり》に、着物の上から爪を立てる。

己《おの》れの心の中に浮かんだ重大な疑念を振り払うかのように、龍次は、荒っぽく剛根を抽送《ちゆうそう》した。

急激に快楽曲線が上昇して、爆発が起こった。

お藤の望み通り、濃厚な液体を十八歳の娘の喉の奥に、したたかに放つ。

喉を鳴らして、彼女は、大量の男の精を飲み干した。

口から溢れた乳白色の液体が、顎から細い喉をつたわって、胸元へ流れ落ちる。

断続的に残りのものを放ちながら、龍次は呟《つぶや》いた。

「おゆう……」

2

龍次は、江戸の下谷《したや》で小間物屋《こまものや》を営む夫婦の長男として生まれた。

両親の深い愛情を一身に受けて育った龍次の愛くるしい顔は近所でも評判であった。

お公家《くげ》さんのご落胤《らくいん》ではないか、と冗談口を叩く者さえいた。

その龍次が三歳になった時、突然の不幸が彼を襲った。

目黒村行人坂《めぐろむらぎょうにんざか》にある大円寺《だいえんじ》から出た火が、西南の強風に吹かれて燃え広がり、ついに江戸の市街の三分の一を焼き尽くしたのだ。

明和《めいわ》九年――西暦一七七二年――二月二十九日のことである。

この火事のために焼失した町は幅一里、長さ五里に及ぶという凄まじさであった。

これが、明暦《めいれき》三年、文化《ぶんか》三年のそれとともに、江戸三大火事の一つに数えられる〈明和の大火〉である。

死者、一万四千七百人。

負傷者、六千七百六十一人。

行方不明者、四千六十人。

龍次は無事であった。

だが、彼を逃すために両親は死んだ。

龍次の眼前で、二人とも生きたまま炎に呑まれたのだ。

今でも龍次は、その地獄図を夢に見て、夜中に飛び起きることがある……。

大火の原因は、放火であった。

真秀《しんしゅう》という札付きの破戒坊主が、大円寺に火をつけたのである。

彼は十四、五歳の頃から、付火《つけび》をしては火事場泥棒を働いていたという悪党だ。

後日、真秀は町方の者に捕まり、市中引き廻しの上、千住《せんじゅ》の小塚原《こづかっぱら》刑場で火刑《かけい》に処せられている。

しかし、放火犯が処刑されたからといって、それで龍次の両親が生き返るわけではない。

三歳で孤児《みなしご》となった龍次は、母方の遠い親類である棒手振《ぼてふ》り夫婦に引き取られた。

棒手振りとは、天秤棒《てんびんぼう》の両端に魚や野菜を下げて売り歩く、最下級の行商人のことである。

それでも、こつこつと真面目に働けば、自分の店を持てる可能性もあるが、その亭主は酒呑みだった。

そして、息子四人娘三人の子沢山《こだくさん》であった。

長屋住まいで家賃が安いとはいえ、親子九人が食べていくのは、容易なことではない。

実の子供たちにも満足に喰わせられないのだから、余計者の龍次にまわって来る食べ物はなかった。

水で空腹を誤魔化す日々が続き、龍次は、栄養失調で死にそうになった。見兼ねた長屋の女房連中が、重湯《おもゆ》を食べさせてくれなかったら、彼は餓死《がし》していたであろう。

棒手振り夫婦に「穀潰《ごくつぶ》し!」と罵《ののし》られ、息子たちにいじめられながら、龍次は成長した。

唯一の救いは、娘たちが、蔭ながら庇《かば》ってくれたことだ。

時には、万引きや掻《か》っ払《ぱら》いまでしても、龍次に食べ物をくれる。

幼いながらも娘たちは、龍次の美貌に魅せられていたのであろう。

一家が寝静まった夜中に、龍次のものを弄《もてあそ》ぶ娘もいた。

六歳の時から、龍次は棒手振りの手伝いをさせられた。

貧しい身なりながら、人形のように可愛い顔立ちをした龍次が籠《かご》を担ぐ姿を見て、客たちは同情して、良く買ってくれた。

おかげで収入は増えたが、その分を亭主が酒代にしてしまう。

息子たちは全員、口減らしのために丁稚《でっち》奉公に出されて、一家の数は六人にまで減っていたが、生活の苦しさは相変わらずであった。

ただ、極貧の生活の中でも、龍次の面貌《めんぼう》の輝きは失《う》せることはなかった。

それは――龍次が十歳になった時のことであった。

愛想の良い商人風《あきんどふう》の男が、裏長屋を訪ねて来た。

男は、日本橋にある大店《おおだな》の番頭だと名乗り、

「実は、主人《あるじ》の一人息子が病弱で外に出られず、寂しがっている。先日見かけたのだが、おたくの子は品が良くて年齢も近く、気性もやさしそうなので、話し相手として住みこんでもらえまいか。引き受けてくれるのなら、今、支度金として十両渡しましょう――」

棒手振り夫婦は、狂喜した。

一両あれば、庶民一家族が楽に一ケ月暮らしていけるのだ。

十両なら、一年分の生活費に匹敵する。

すぐに夫婦は承諾し、龍次は、着の身着の儘《まま》で男に連れられ、薄汚い長屋を出た。

しかし、行く先は日本橋ではなかった。

地獄だった。

本所《ほんじょ》の外れにある香蘭寺《こうらんじ》の中に、〈蓮華堂《れんげどう》〉という名の地獄が、龍次を待っていた。

それは、会員制の秘密倶楽部であった。

会員は、法外な額の入会金と会費を払うことが出来て秘密の守れる豪商、大身《たいしん》の旗本、大名や、その隠居などであり、ほとんどが老人だった。

浮世の遊びという遊びをやり尽くし、しかも精力が衰えて、普通の性的刺激では、もはや感じなくなってしまった者ばかりである。

彼らは、華魁《おいらん》買いのような合法的な遊びではなく、非合法の、強烈な刺激のある観世物《みせもの》を欲して入会した。

そんな老人たちに蓮華堂が提供したのが、十歳前後の美少年美少女による性交ショーなのである。

小さな手が、互いの軀《からだ》をまさぐりあう。無毛の突起が、これも無毛の狭間に侵入して、律動《りつどう》する。そして、幼い爆発……。

放蕩《ほうとう》の限りを尽くして涸《か》れたはずの老人たちにとっても、これは、新鮮で効果的な回春法であった。

蓮華堂とは、極楽浄土で蓮《はす》の台《うてな》に遊ぶような、この世のものとは思えぬ快楽の殿堂という意味なのである。

このような背徳的なショウは、蓮華堂のオリジナル・アイディアではなく、紀元前から存在する。

たとえば、古代ローマ帝国の第二代皇帝ティベリウスは、酒呑みで両性愛者でサディストで、その上、幼児愛好者という変態老人であった。

ティベリウス帝は、カプリ島の別荘に大勢の美少年美少女を飼い、邪悪な快楽にふけっていた。

巨大な浴槽に幼児たちを泳がせて、自分の萎《しな》びたものを口唇で愛撫させたり、少年少女たちに目の前で乱交させて、不能気味のものを、ようやく起立させたりした。

それでも駄目な時は、美しい奴隷《どれい》を出来るだけ残忍な方法で処刑し、その死体を鮫《さめ》が喰いちぎるのを見物して興奮したのである。

あまりの極悪非道な所業に、孫のカリギュラは激怒し、刺客を送ってティベリウス帝を暗殺した。

ところが、変態老人に代わって第三代ローマ皇帝になったカリギュラこそ、祖父を凌《しの》ぐ最凶最悪の淫魔皇帝だったのである。

彼は、実の姉妹を妾《めかけ》にし、女装して男に抱かれ、数日間で百人の処女を犯した。最後には、自分の近衛兵《このえへい》に殺されて、男根を切断されたという。

さらに、十九世紀のイギリスでは、処女売買組織が繁盛していた。貧乏人の娘を誘拐して来て、二十ポンドで上流階級の紳士に凌辱《りょうじょく》させるのである。

ある客は、十六歳以下の処女だけを、二週間に三人ずつ、数十人も買っていたという。

また、一九七〇年代のアメリカでは、マフィアによるチャイルド・ポルノが大流行。

幼児誘拐事件が増加したのも、この頃からである。

シカゴやサンフランシスコなどの大都市では、ガレージの中で全裸の幼児をセリ落す〈奴隷市〉すら開かれていた。

さらに、最近では、東南アジアが幼児愛好者の天国になっている。

特に有名なのが、フィリピンとタイだ。

一九八八年春には、フィリピンのラグナ州パグサンハンの〈美童宿〉がCIDに摘発されて、日本人一名を含む十九名の外国人男性が逮捕された。

客のほとんどは、白人だった。

彼らの相手をしていた少年たちは、公式の発表では十三歳から十五歳ということになっているが、実際は十歳以下の少年もいたという。

白人との混血のため、金髪の少年もいる。しかも、一対一ではなく、一対二、一対三のような変則プレイを希望する客がほとんどで、少年同士に性交させて見物する者もいた。

一九九一年四月には、元麻薬密輸業者で自称〈小児科医〉の三十九歳の日本人男性が、マニラのスラムで、七歳から十二歳の少年少女十四人を〈調達〉した。二百ペソのギャラで、子供同士で乱交や緊縛ＳＭの真似事をさせ、その様子を写真やビデオに収めていた。

裏ビデオを作るつもりだったらしいが、子供を利用して麻薬や拳銃の密輸を企《たくら》んでいたらしいという話もある。

この他にも、四十二歳の日本人男性が、やはりフィリピンで、家出中の十三歳から十五歳の少女など四人をタウンハウスに住まわせた。

そして、彼女たちの友達を二十人も呼んで一大少女ハーレムを作り上げ、地元警察に逮捕されたのである。

このような事件の背後には、二万人とも三万人ともいわれるマニラのストリート・チルドレンの問題がある。

家も職もない子供たちは、犯罪に走るか、自分の肉体を売る以外に、生きてゆく方法がないのだ。

ストリート・チルドレンといえば、ブラジルの警官の中には、路上生活の子供たちを捕まえて拳銃を突きつけ、子供同士で性交させて見物し、嬲《なぶ》りものにする者もいる。

また、商店主たちは金を出しあって、〈町のゴミ〉であるストリート・チルドレンを殺す〈抹殺部隊《まっさつぶたい》〉を雇っている。その多くは、現役の警官だという。

一九八〇年代の数字だが、ブラジルの刑務所や救護院に収容されたストリート・チルドレンの数は四十二万七千人。ところが、本当に犯罪を犯した子供は、一万四千人にすぎなかった。

しかも、それらの子供たちは、大人の囚人の房へ送りこまれて、彼らのセックスの相手にされていた……。

――蓮華堂には、八歳から十四歳までの十七人の子供が、軟禁《なんきん》されていた。

龍次は、ＳＥＸショーの十八番目の出演者として、買われて来たのだった。

わずか十歳の龍次は、先輩である十三歳の少女に筆下《ふでおろ》しされて、ＳＥＸのあらゆるテクニックを教えこまれた。

そして、同じような年頃の少女と舞台に立って、目をギラつかせた老人たちの前で交わることを強要されたのである。

龍次は拒否し、そのため、ひどい折檻《せっかん》をされた。だが、龍次の意志は変らなかった。

そこで、蓮華堂の幹部たちは、悪魔的なアイディアを思いついた。

少年の幼い男根に、二匹の龍の彫物《ほりもの》をしたのである。

「どうだい。見なよ。この立派な彫物を。佐渡帰《ドサげえ》りだって、こんなのは彫っちゃあいないぜ。おい。小僧！　ここから逃げたところでなあ、もう、お前は真面《まとも》な暮しは出来ねえんだよ！　諦《あきら》めろっ！」

その時、龍次の心の中で、何かが音を立てて砕けた。

幹部たちの命ずるままに、舞台の上で破廉恥《はれんち》なショウを演じた。

オーソドックスな一対一の性交から、少年一・少女二、少年二・少女一の３Ｐ、少年二・少女三などの変則的なもの等である。

幼い美少年のものに龍の彫物がしてあるという特異な猟奇性に、会員たちは興奮した。

そして、龍次は蓮華堂の花形になったのである。

早すぎる性体験のためか、姫様彫りの副作用か、成長するにつれて、龍次の男性器は驚異的な発達を遂げた。

美貌のSEXマシーンとしての外観に磨きがかかるのと反比例して、龍次の心は荒廃していった。

少年は、いつも無表情であった。

父も母も、この世の人ではない。親戚は、自分を十両で売った。

この軀には奇怪な彫物を入れられて、老人相手のグロテスクな観世物になっている……。

何の希望もない人生であった。

そんな時、彼は〈おゆう〉に出逢ったのである。

天明《てんめい》二年の春のことであった。

「この娘が、今夜のお前の相方《あいかた》だぜ」

蓮華堂の幹部に紹介されたのは、この世に人間として生まれて来たのが何かの間違いではないかと思えるほど、清らかで美しい少女だった。

龍次の男根の双龍と対になるように、少女の背中には鳳凰《ほうおう》の姫様彫りがしてある、と幹部は言った。

その美少女は、龍次に女雛《めびな》の形の土鈴《どれい》をくれた。

そして、自分の持っている男雛《おびな》の土鈴を鳴らしてみせた。

龍次も女雛の鈴を鳴らした。

土鈴のデュエットだ。

少女が微笑する。

龍次も笑みを返した。

十年前に両親を失って以来、微笑《ほほえ》みを忘れていた龍次に、この少女が人間らしい感情を呼び戻してくれたのである。

龍次が十三歳。

少女――おゆうが、十歳。

が、二人の出逢いの時間は、あまりにも短かった。

町奉行所の協力を得た寺社奉行の捕方《とりかた》が、蓮華堂を急襲したのである。

闇の中で、二人は引き裂かれた。

「龍次兄ちゃん！」

「今、助けてやる！　俺が、助けてやるぞっ！」

「お兄ちゃ――ん……」

土鈴の音とともに、少女の声は遠去かっていった。

龍次の方は、蓮華堂の用心棒だった佐倉重三郎《さくらじゅうざぶろう》に助けられた。

そして、彼に育てられながら、無楽流《むらくりゅう》石橋派脇差居合術《わきざしいあいじゅつ》の奥義《おうぎ》を授けられた。

龍次が十六歳になった時、「もう、わしが教えることは、何もない」と言って、重三郎は江戸を去った。

龍次は、おゆうとの〈約束〉を忘れてはいなかった。必ず助けると言った約束を……。

両国の薬研堀《やげんぼり》にある〈四目屋《よつめや》〉は、三代将軍家光の頃から営業しているという老舗《しにせ》である。

その屋号の通り、黒字に白く四個の菱《ひし》の目を染め抜いたものを、商標にしていた。

四目屋が扱っている商品は、閨房《けいぼう》で男女が使用する秘具や淫具、媚薬《びやく》などである。

江戸には他にも秘具店はあったが、四目屋があまりにも有名なため、〈四目屋道具〉、〈四目屋薬〉というように、その屋号が秘具や媚薬の代名詞になったほどだ。

扱っている商品が商品なので、四目屋は、昼でも店内を暗くし、客同士が顔が判らないようにしていた。

『江戸買物独《ひとり》案内』の四目屋の項には、〈諸国御文通にて御注文の節は……飛脚便りにても早速御届け申上ぐべく候《そうろう》〉と、地方向け通信販売までしていたと書かれている。

が、実際には、江戸の中に住んでいても来店するのが羞《はず》かしいという客に配達するのが主で、江戸府外へ届けるなどということは、滅多になかった。

しかし、日本中どこでも、秘具の需要はある。

いや、地方では娯楽の種類が少ない分だけ、その需要は江戸よりも切実かも知れない。

そのため、旅の小間物屋が副業的に秘具を扱っていたが、次第に、これを専業とする者が現れた。

これを〈卍屋《まんじや》〉と呼ぶ。

〈卍〉は、四目菱の紋の縁と仕切りをなぞった字で、本家の四目屋にあやかったのだ。

一説には、五代将軍・綱吉の頃、橘町《たちばなちょう》に〈卍屋〉という屋号の店があったともいわれる。

龍次は、両国の四目屋本店で商売の勉強をし、重三郎から渡された金を元手にして、卍屋を始めた。

背中に鳳凰の姫様彫りをした美少女〈おゆう〉を捜すためには、この稼業が、最も有効だと考えたからである。

こうして、卍屋龍次は日本中を旅してまわった。

だが、三年前——寛政《かんせい》二年の十月下旬、龍次は江戸で、恩師の佐倉重三郎と再会した。

労咳《ろうがい》の末期症状だった重三郎は、自殺同然に、龍次に斬られて死んだ。

そして、息を引きとる寸前に、「おゆうのことは、諦めろ……おゆうは死んだと、思え……死んだのだ……」と言い残したのである。

それを聞いた時、龍次は、自分の心臓に杭《くい》を打ちこまれたような衝撃を感じた。

絶望の黒い影に犯されながらも、龍次は旅を続けた。

しかし、おゆうは見つからなかった。

（やはり……先生の言った通り、おゆうは死んでいるのか……）

半年前――希望のない旅に身も心も疲れ果てた龍次は、京での定宿《じょうやど》にしていた山岡屋に泊まった時、高熱を発して寝こんでしまった。

その龍次を献身的に看病したのが、以前に関係したことのある宿の女主人のお秋だ。

入婿《いりむこ》を病気で亡くした二十八歳のお秋は、後家のまま山岡屋を切りまわして来た気丈な女だった。

そして、健康を回復した龍次は、そのままお秋の情人《いろ》のような形で、山岡屋の離れに居続けている。

奉公人たちも認めている関係で、最近ではお秋は、親戚たちに相談して正式に龍次と夫婦《めおと》になりたいと考えているようだ。

(卍屋稼業から足を洗って、旅籠の主人に納まるか……)

投げやりにそう思うようになった頃、突然、龍次は、絹商人たちの会話を耳にしたのである。

おゆうが生きている!

しかも、宍倉藩十五万石の侑姫が、おゆうかも知れない!?

龍次は、全身の血が熱く燃えるのを感じた。

寛政五年――西暦一七九三年、陰暦一月下旬のことであった。

3

八坂神社――京の住民たちは、〈祇園さん〉と呼ぶ。

円山《まるやま》の西の麓《ふもと》、四条通《しじょうどおり》の東端に、八坂神社は位置している。

疫病《やくびょう》退散の神・牛頭《ごず》大王《てんのう》、櫛稲田姫命《くしなだひめのみこと》、八柱御子神《やはしらのみこがみ》の三神を祀り、〈祇園天神社〉とも呼ばれているが、同時に、興福寺《こうふくじ》の末寺として〈感神院《かんしんいん》〉という寺名もあった。神仏混淆《しんぶつこんこう》なのだ。

全国的に有名な〈祇園祭〉は、貞観《じょうがん》十八年――西暦八七六年に、京の都に疫病が流行した時、円如上人《えんにょしょうにん》の発案で行われた御霊会《ごりょうえ》が起源とされている。

龍次は、その八坂神社の本殿の天井裏にいた。

昨夜遅く、まだ警戒が厳重にならないうちに、忍びこんだのだ。

昨日の昼から、水も食べ物も口にしていない。

春間近とはいえ、盆地である京の冷えこみは厳しい。

懐《ふところ》の温石《おんじゃく》がなかったら、とても朝まで持たなかっただろう。

朝になると、喉の渇きに悩まされたが、松屋の菓子〈織姫《おりひめ》〉をしゃぶって、耐える。

昼前に、警備の役人が本殿を調べたが、天井裏までは覗かなかった。

ようやく侑姫の一行がやって来たのは、未《み》の上刻《じょうこく》――午後二時頃であった。

晴天の空の下、鳥居のある東門を通って、警護の武士に囲まれた女乗物が入って来る。

全体が黒漆《くろうるし》塗りで、金蒔絵《きんまきえ》に色どられた豪華な駕籠《かご》だ。

本殿の南側につける。

八坂神社の本殿は、母屋《おもや》の四方に庇《ひさし》をめぐらし、正面に幅七間《けん》、奥行二間の礼堂を加えて、これに向拝《こうはい》をつけている。

いわゆる、祇園造りと呼ばれている建築方式だ。

龍次が潜《ひそ》んでいるのは、その礼堂の狭い天井裏である。

隅の天井板を僅《わず》かにずらして、その隙間《すきま》から下を見ているのだ。

女乗物の戸が開かれて、中から鶴の絵柄《えがら》の打掛《うちかけ》をはおった女が降り立った。

宍倉藩の侑姫だ。

履き物を用意した老女が、浜路であろう。

俯《うつむ》きがちなので、龍次の位置からは、姫君の顔は見えない。

彼の心臓が高鳴る。

神官の大幣《おおぬさ》でお祓《はら》いを受けた侑姫は、昇殿して、さらに祈禱《きとう》を受けた。

そして、玉串《たまぐし》を奉奠《ほうてん》する。

姫の母親——宍倉藩主・藤堂高顕《とうどうたかあき》の側室であるお留衣《るい》の方《かた》の病状が思わしくないので、その平癒《へいゆ》祈願だという。

奉奠を終えた侑姫が、顔を上げる。

龍次は、はっきりとその顔を見ることが出来た。

「っ‼」

雷に打たれたかのように、龍次の体内に鋭い衝撃が奔《はし》った。

「おゆう……っ！」

そう叫びそうになった声を、龍次は喉の奥で押し殺した。

間違いない。

侑姫は、十一年前に逢った〈おゆう〉に生き写しであった。

小さな顎。ふっくらとした唇。青みを帯びた大きな目……。

いや、何よりも、この世の者とは思えぬ儚《はかな》げな雰囲気が、まさに〈おゆう〉だ。

（ついに見つけた……!!）

全身の血潮が煮えたぎるような、とてつもない感情の昂揚《こうよう》が起こった。

目に、熱い涙がにじむ。

大声で叫びながら踊り出したいほどだ。

龍次は、梁《はり》に爪を立てて、動き出しそうな自分の手足を必死で制御する。

そうしている間に、侑姫は礼堂を出て、女乗物に戻った。

視界から女乗物が消えた時、

「む……」

龍次は、水を浴びせられたかのように、急に感情が冷えてゆくのを感じた。

相手は、十五万石の大名の姫君。

そして自分は町人で、一介《いっかい》の行商人にすぎない。

身分が違いすぎる。

仮に、おゆう＝侑姫が今でも龍次を待っているとしても、二人は結ばれるどころか、会うことすら叶わぬ関係であった。

現に龍次は、こうして本殿の天井裏に潜まねば、侑姫の顔を見ることも出来なかったではないか。

師・佐倉重三郎が「おゆうは死んだと思え……」と最後に言った本当の意味が、ようやく理解出来たような気がした。

会うことも触れることも出来ない相手は、すでに死んでいるのと同じことなのである。

（どうすれば、いいんだ。どうすれば……!?）

噛みしめた龍次の唇から、一筋の真っ赤な血が滴《したた》り落ちた。

4

斬り合いの音を聞いたのは、東大路通《ひがしおおじどおり》を南へ下って、辰巳町《たつみちょう》のあたりに差しかかった時である。

「っ！」

深夜であった。

侑姫が帰った後、八坂神社本殿を脱出した龍次は、祇園町の料理茶屋に上がって、酒を飲んだ。

飲まずには、いられなかった。

しかし、いくら酒に強い龍次でも、丸一昼夜以上飲まず喰わずの状態のところへ、速い調子で飲み出したら、急激に酔いがまわる。

そのまま寝こんでしまい、目覚めた時は、もう亥《い》の中刻《ちゅうこく》——午後十一時過ぎであった。

店の者が、女を呼ぶから泊まったらどうかと勧めるのを断って、龍次は山岡屋への帰途を急いでいたのである。

龍次は、松原通《まつばらどおり》を音のした方へ走った。

珍皇寺《ちんのうじ》の角の路上に、旅姿の武士が倒れている。

門前町の家々は、深夜なので固く戸をとざしていた。

その武士に、止《とど》めをさそうとしていた黒装束《くろしょうぞく》の男が、足音に気づいて顔を上げた。

龍次は、途中で拾った小石を黒装束の顔面に投げつける。

男は、後方へ跳びながら、その小石を躱《かわ》した。

が、次に飛んで来た小石が、右肩に当たる。

「うっ！」

最初の石は、陽動だったのだ。

その隙《すき》に、龍次は、倒れている武士の腰から脇差を引き抜いた。

呑気《のんき》に誰何《すいか》したりせずに、黒装束の足を狙って、鋭く斬りこむ。

「むむ……」

さらに跳び退《さ》がった男は、龍次の並々ならぬ腕前と場馴れした様子に気づくと、身を翻《ひるがえ》して、そのまま音もなく逃走した。

武士から数メートル離れたところに、見すぼらしい身形《みなり》の町人が倒れていた。

近づいてみたが、完全に事切れている。

何しろ、首が半ばちぎれかけ、醬油樽《しょうゆだる》を倒したように周囲にどす黒い血をぶち撒けているのだから、生きているわけがない。

が、龍次は、その汚い髭面《ひげづら》に見覚えがあるような気がした。

しかも、町人の脇には、夜目《よめ》にも美しい小判が大量に散らばっている。百両はあると見えた。

「うう……」

倒れている武士が小さく呻《うめ》いたので、龍次は、彼のところへ戻った。

片膝をついて、疵《きず》の様子を見る。

脇腹を裂かれていて、内臓の一部がはみ出している。

ひどい出血だ。

腰の大刀は、四寸ほどしか抜いていない。

「お侍様、お気を確かに！」

そう声をかけながら、龍次は、この場所が〈六道の辻〉だったことを思い出した。

六道とは人間の魂がさ迷う、地獄道、餓鬼《がき》道、畜生《ちくしょう》道、修羅《しゅら》道、人間道、天道の六つの世界のことである。

かつて京では風葬を行っていたため、洛中《らくちゅう》で死んだものは、鴨川《かもがわ》を渡って阿弥《あみ》陀峰《だがみね》の麓《ふもと》の鳥辺野《とりべの》に運ばれた。

その際、珍皇寺の前を通るので、そこの辻を、冥界《めいかい》へ通ずる〈六道の辻〉と呼ぶようになったのだ。

謡曲『熊野《くまの》』でも、次のように謡われている――。

愛宕《あたご》の寺も
打ち過ぎぬ
六道の辻とかや

げに怖《おそ》ろしや
　この道は
　冥途《めいど》へ通ふなるものを……

　さらに『今昔物語《こんじやく》』には、平安初期の漢学者である小野篁《おののたかむら》の、奇怪な伝説が書かれている。

　彼は、冥界で苦しんでいる母親を救うために、昼は朝廷に仕《つか》え、夜には珍皇寺本堂の裏手にある井戸を通って地獄へ行き、閻魔《えんま》大王に仕えていた――というのだ。

　そのため、珍皇寺の境内には、小野篁像を安置した篁堂がある。

　この寺の梵鐘《ぼんしょう》の音は、冥途までも響くと言われている……。

「頼む……」

　瀕死《ひんし》の武士が、弱々しい声で言った。

「ふ、懐《ふところ》のものを……江戸に……老中の大河内備前守《おおこうちびぜんのかみ》様の上屋敷へ……届けてくれ……」

「こいつですかい」

　龍次は、彼の懐から小さな巻物を取り出す。

その表書きに、〈蓮華堂秘帳〉とあるのを見て、龍次は驚愕《きょうがく》した。

「これはっ！」

「越中《えっちゅう》……越中守を失脚……その証拠が……」

急に、武士の手足が激しい痙攣《けいれん》を起こす。

その痙攣が止《や》んだとき、若い武士は絶命していた。

「越中守……？」

珍皇寺の中から、人の声がした。

騒ぎを聞きつけて、ようやく寺の者が起き出して来たらしい。

龍次は、巻物を持って、その場から逃げ出す。

逃げる時に、もう一度、町人の死骸の顔を見ると、かつての蓮華堂の幹部の一人、茂吉《もきち》だと思い出す……。

七条通《しちじょうどおり》まで来ると、三十三間堂《さんじゅうさんげんどう》の裏手で蕎麦《そば》の屋台を見つけた。

酒も置いている屋台なので、熱燗《あつかん》を注文する。

そして、白髪頭《しらがあたま》の親爺《おやじ》が酒を買いに行っている間に、巻物を開いて目を通す。

やはり、それは十一年前に壊滅した秘密倶楽部〈蓮華堂〉の会員名簿であった。

入会順なのであろう、大名、旗本、商人《あきんど》などの自筆の署名が、順不同で並んでいる。

花押《かおう》と血判まで押してあった。

西国筋《さいごくすじ》の大大名の隠居、江戸でも指折りの札差《ふださし》の主人、元長崎奉行……龍次も知っている名前が、沢山ある。

会員のほとんどが老人なので、現在では亡くなっている者も多かった。

そして、四十番目に〈白河《しらかわ》藩主・松平越中守定信《さだのぶ》〉という名前を発見して、

「まさか……！」

思わず、呻《うめ》き声を洩らす。

松平定信――今の老中首座だ。

将軍が実際に政務にあたることは、ほとんどないから、老中首座といえば、実質的には江戸幕府の最高権力者である。

一橋家と手を組み、政敵の田沼主殿頭意次《たぬまとのものかみおきつぐ》を、ありとあらゆる手段を使って蹴落とし、わずか三十六歳にして権力の頂点を極めた怪物である。

田沼意次を重用していた十代将軍・家治《いえはる》の急死は、定信＝一橋の手の者に毒を盛られたもの……という噂もあるほどだ。

定信は現在、田沼時代の重商主義を一掃し、観念的な農本主義による政策を押

し進めている。

そして、風俗の粛正《しゆくせい》や、出版物の取締り、奢侈《しやし》禁止令など、庶民の生活を徹底的に規制圧迫する法令を出していた。

彼の政治理念は勤倹尚武《きんけんしようぶ》であり、清廉《せいれん》禁欲を生活信条として、何と、十一代将軍家斉《いえなり》にSEXの回数を減らすように進言している。

庶民の性交態位の制限すら考えていたという話もある。

そんな定信が、実は子供の性交ショーを売物にしている地下組織の会員だったとは。

親爺が酒屋から帰って来る足音がしたので龍次は、さりげなく巻物を懐にしまう。

そして、代金を払って、歩き出した。

(偽善者……外道《げどう》め……!)

腹の底から、龍次は、松平定信に対して怒りの焔《ほのお》がこみ上げるのを感じた。

恋愛を描いた絵草紙を、風紀を乱すと言って出版禁止にした張本人が、美少年美少女の交合を、涎《よだれ》を垂らして見物していたわけだ。

おそらくは、幼児愛好者なのか、まだ中年なのに不能気味なのだろう。

公《おおやけ》の場で、ヒステリックに〈清潔な生活〉を説く者ほど、裏にまわると歪《ゆが》んだ欲望の持主であることが多いのは、いつの世も同じである。

龍次は、蓮華堂の会員は一人たりとも許せないが、松平定信の場合は、表の顔と裏の顔との落差が極端すぎた。

　このような外道のために、自分や他の多くの仲間が人生を狂わされたのかと思うと、八つ裂きにしても飽き足らない気持ちだ。

　死んだ武士が言った〈大河内備前守〉は、定信の政敵である。

　元蓮華堂の幹部の茂吉は、十一年前の手入れのどさくさの中で、会員名簿を持って逃げた。

　そして、名簿に最高の値がつく機会を、辛抱強く待っていたのだろう。

　茂吉は、大河内備前守宗昭《むねあき》に名簿を売りこみ、定信の目の届かぬ京で、代金と名簿の交換をしたのだ。

　名簿を公にすれば、定信は失脚――いや、その破廉恥《はれんち》な内容から考えて、武士としては自害する以外に道はなかろう。

　その二人を襲った黒装束の男は、見事な体術からして、松平定信が放った〈庭《にわ》番《ばん》〉に違いない。

庭番――徳川吉宗が、八代将軍に就任した時、紀伊国から連れて来た十七家の子孫である。御庭番とも呼ばれる。

根来流《ねごろりゅう》忍法の流れをくむ紀州忍者たちで、普段は、御休息御庭之者《おにわのもの》として四阿《あずまや》の番人をしている。

そして、将軍や老中の密令が下るや、全国各地に散って、破壊工作、情報収集、暗殺などを行うのだ。

その業前《わざまえ》は、伊賀組《いがぐみ》同心や甲賀《こうが》組同心を凌《しの》ぐとすら言われている。

京都東町奉行所の調べで、武士も茂吉も顧客控を所持していないことが判ったら、庭番は、邪魔をした男の身元を徹底的に洗うに違いない。

どうやら、山岡屋から出る時が来たようだ……。

(この顧客控を備前守に渡そう)

即座に、龍次は決心した。

政争の道具になることは承知の上だ。

偽善者・松平定信を失脚させねば、腹の虫がおさまらない。

が、その前に、やるべきことがある。

――侑姫に会うのだ！

幕府の役所は、二条城の周辺に集まっているが、大名の屋敷は、あちこちに散らばっていた。

宍倉藩の京屋敷は、東洞院通《ひがしのとういんどおり》にある。

山岡屋を出た龍次は、別の旅籠《はたご》に泊まると、宍倉藩京屋敷の仲間《ちゆうげん》部屋で開かれる賭場《どば》に通った。

5

――お秋との別れは、修羅場《しゆらば》であった。

詳しい事情を説明するわけにはいかないので、また行商の生活に戻るとだけ言ったのだが、そんなことで龍次との再婚を夢見ていたお秋が納得するわけがない。

布団部屋から龍次とお藤が出て来るのを目撃した者がいたらしく、お秋は目を吊り上げ、龍次が山岡屋を出てお藤と所帯を持つのではないか、と喚《わめ》いた。

そして、お藤を呼びつけて詰問《きつもん》しているうちに、お秋は半ば気が触れたようになって、お藤を激しく打擲《ちようちやく》する。

こうなったら躯《からだ》で黙らせるしかない、と龍次は、お秋を捕らえて逞《たくま》しいものを捻《ね》じこんだ。

力強く突く。異常な状況に興奮して、お秋は浅ましいほど乱れた。

それを見ていたお藤も、たまらなくなった。自分から裸になり、龍次の広い背中に抱きつく。

一対二の、凄まじい愛欲図が展開された。

お藤は、龍次とお秋が結合している部分に舌を這《は》わせる。龍次の玉袋や背後の門にもだ。

そして、女同士で抱きあって、互いの秘部を舐めたり、龍次の双龍根を両側からしゃぶったりする。

最後に龍次は、お秋とお藤を四《よつ》ん這《ば》いにして並べ、交互に貫いた。

あまりの強烈な快感に悶絶《もんぜつ》した二人を残して、龍次は山岡屋を出たのだ……。

大名や大身《たいしん》の旗本の仲間部屋では、ごく日常的に博奕《ばくち》が行われていた。

博奕だけではなく、素人《しろうと》娘を連れこんで輪姦したりと悪事の温床《おんしょう》だった。

武家屋敷には、町方の捜査権が及ばないからである。

それに、仕事の出来る有能な仲間は慢性的に不足しているから、屋敷の当主は、見て見ぬ振りをしている。

ついでに言えば、寺が賭場に使われることが多いのも、寺社奉行の管轄で、町方の手が及ばないからだ。

龍次は、宍倉藩京屋敷の仲間部屋に毎夜、通った。

博奕の方はほどほどに負け、酒の差し入れなどをして、部屋頭《がしら》と仲良くなる。

「寺小僧の臀《しり》をやっつけると、脚気《かっけ》が治るのかい」

「お伊勢参《いせまい》りの途中で女と寝ると、くっついて離れなくなるというが……」

「縮れ髪の女のあそこは、すごく良いと言うが、本当かね」

龍次の商売が卍屋だと知って、仲間たちは房事《ぼうじ》に関する様々な質問をする。

彼らの好奇心を満足させてやるために、龍次は虚実をまじえて、面白可笑《おもしろおか》しく答えてやった。

そして、屋敷の警備状況を、それとなく質問する。

酒の入った仲間たちの口は軽かった。

侑姫の滞在している奥御殿の間取りや、腰元の数などまで、しゃべった。

そして、もう二十一歳の美姫が、どうやって性欲を発散させているかについて、貧しい想像力を駆使して薄汚い表現で論議する……。

調査を始めてから五日目の夜、龍次は屋敷に忍びこんだ。

旅姿で、腰には道中差《どうちゅうざし》を落としている。
場合によっては、このまま京を出なければならないからだ。
庭木や灌木《かんぼく》などの遮蔽物《しゃへいぶつ》を巧みに利用して、音もなく奥御殿に付属した湯殿に近づく。
湯殿からは灯が洩《も》れている。
絹商人が話していたことは、本当だった。
侑姫は就寝前に、たった一人で湯浴みするのである。
乳母《うば》の浜路は、脱衣所にいて、誰も湯殿に近づかないように見張るのだ。
龍次は、まず松の大木に登って、湯殿の湯気抜きから内部を覗きこんだ。
白い湯気の帷《とばり》の向こうに、湯舟に肩までつかっている女の後ろ姿が見えた。
侑姫だ。
やはり、腰元などは入っていない。
大木から降りると、龍次は、湯殿の入口へと向かった。
奥御殿の方へ伸びる渡り廊下に、小石を投げる。
小石は廊下に当たって軽い音を立て、反対側の地面に落ちた。
すぐに脱衣所の板戸を開いて、懐剣に手をかけた老女が出て来た。

浜路だ。

龍次は影のように襲いかかって、浜路の水月《すいげつ》に当身《あてみ》を入れる。

「うっ……」

浜路は失神した。

崩れ落ちるその軀《からだ》を軽々と抱えて、龍次は脱衣所に入り、板戸を閉める。

脱衣所の隅に、そっと老女を寝かせた。

一刻《いっとき》やそこらは、目が覚めないはずだ。

その時、

「——浜路、どうかしたのですか」

湯殿の中から、声がかかった。

戸を開《あ》け閉《た》てする音が、侑姫の耳に入ったのだろう。

龍次は一呼吸してから、湯殿への板戸を開いた。

ギヤマン張りの行燈《あんどん》が、いくつも壁に架けられているので、内部は非常に明るい。

湯舟の中に、侑姫の裸身が踞《うずくま》っている。

「何者です、そなたは」

侑姫は、凜《りん》とした声で誰何《すいか》した。

大きな黒い瞳で、怖れる気配もなく、侵入者をじっと見つめる。

その毅然とした美しい顔には、犯し難い気品があった。

肌の白さは、透き通るようだ。

間近に侑姫の顔を見た龍次は、やはり〈おゆう〉に間違いない——と確信する。

「龍次、と申します」

湯殿に入り、板戸を後ろ手に閉めて、龍次は言った。

「浜路は、どうしました」

「御心配なく、当身にて気を失っておられるだけです」

姫は、僅《わず》かにほっとした様子を見せて、

「龍次とやら、女人《にょにん》の入浴中に無礼であろう」

「ご無礼は重々、承知の上。確かめたいことがあって、お邪魔しました」

「確かめたいこと……？」

「はい。侑姫様、私は十一年前に、江戸の蓮華堂でお逢いした龍次です。この鈴に、見覚えはございませんか」

道中差の鐔《つば》に下げた女雛《めびな》の土鈴《どれい》を、鳴らしてみせる。

その素朴な音色《ねいろ》に、姫の顔が一瞬和《なご》んだが、すぐに毅然とした表情になって、

「蓮華堂とか鈴とか、侑には判らぬ。そなたは、何を言いたいのか」

なぜ恍《とぼ》けるのだ――と叫び出したい衝動を、龍次は必死で抑えた。

「姫様……私は十三の年齢《とし》から、ただ一人の女を捜してまいりました。その女に逢うためだけに、私は今まで生きて来たのです。そして、貴女《あなた》様は、その女〈おゆう〉に生き映しなのです」

「…………」

生き映しという言葉を聞いた侑姫の表情が、かすかに動いた。

「私は、おゆうに逢いたい一心から、警護のお侍衆に斬られることを覚悟で、お屋敷に忍び入りました。お願いですから、本当のことをおっしゃって下さい！」

「……龍次」

侑姫は静かに言った。

「そなたの捜すおゆうという者は、侑に似ているという他には、何か証拠《あかし》はないですか」

龍次は美姫を見つめて、

「あります。私が抱けば、確かな証拠をお見せ出来ます」

「ならば……」
侑姫は、ゆっくりと立ち上がった。
「それを確かめてみなさい」
挑むような眼差《まなざ》しを龍次に向ける。
輝くばかりの白い裸身の、いかなる部分も男の目から隠さない。
「………」
龍次は、無言で着物を脱いだ。
下帯も取る。
まだ柔かいが長大な男の器官が、姫の視界に曝《さら》け出された。
さすがに侑姫は頬を染めて、顔をそむける。
全裸になった龍次は、湯舟に近づいた。
目を閉じた侑姫の軀を横抱きにして、板の間に横たえる。
乳房は小さめだが、腰の曲線は見事なもので、下腹部の翳《かげ》りは淡い。
肌の白さは、雪をも欺《あざむ》くばかりだ。
龍次は、ふっくらとした紅《あか》い唇に、そっとくちづけした。
舌先で、真珠を並べたような歯をまさぐると、自然に侑姫の口が開く。

姫の馨《かぐわ》しい息を吸い込みながら、龍次は舌を絡《から》めた。

侑姫の舌も、おずおずと動く。

舌の交わりを続けながら、龍次の手は胸乳《むなぢ》を愛撫する。

その硬さから、まだ処女だと判った。

「う……」

龍次の唇が白い喉を這うと、侑姫の呼吸が乱れる。

男の唇は、乳房や腹部を這いまわって、秘丘に到達した。

隙間《すきま》なくあわさった形の良い太腿《ふともも》を押し開こうとすると、今まで為《な》すがままだった侑姫が、この時だけは抵抗した。

が、龍次が秘裂に唇と舌を使うと、腿が緩《ゆる》む。

太腿を広げると、右の太腿の付け根に、小判ほどの大きさの赤い痣《あざ》があった。

それを見ながら龍次は、菱型《ひしがた》の繊毛《せんもう》に縁《ふち》どられた未踏の亀裂を、丁寧に愛撫する。

姫の花弁は桜色だ。

慎《つつま》しやかで、しかも醜《みにく》いねじれが全くない。

まるで赤ん坊の耳朶《みみたぶ》のように、美しく可愛い。

その閉じた花弁を左右に開くと、秘孔が、呼吸でもしているかのように蠢《うごめ》いている。

龍次は、花弁の縁を舐め上げた。

「ああ……」

強烈な快感に、姫は喘《あえ》いだ。

まだ男を知らなくとも、女として成熟した肉体の最深部から、とめどもなく熱い秘蜜《ひみつ》が湧き出す。

龍次の双龍根も、下腹を打つほど猛《たけ》っている。

が、さらに龍次は愛撫を続けた。

まろやかな臀《しり》の双丘《そうきゅう》を押し広げて、女として最大で最後の羞恥《しゅうち》の場所に、舌を使う。

「そ、そのようなところまで……」

侑姫は、白い裸身をくねらせた。

「ああ、何とかしてっ………っ！」

ようやく、龍次は侵入の姿勢をとった。

紅色の巨根の先端を亀裂にあてがい、秘蜜で滑りを良くしてから、一気に貫く。

「――っ!!」

侑姫の軀が、弓なりに反《そ》り返った。

が、龍次は奥の院にまで侵入し、そのまま待機する。

生まれて初めての体験に、姫の花唇は震えていた。

痛いほど龍次を締めつける。

破華《はか》の驚愕《きようがく》と痛みが落ち着いたところで、ゆっくりと抽送《ちゆうそう》を開始した。

時々休みながら、小半刻《こはんとき》ほど律動《りつどう》を行っていると、侑姫は、甘い快楽の片鱗《へんりん》を

感じることが出来るようになった。

それからは、急激に快楽曲線が上昇してゆく。

「あっ、あっ、ああ…」

男の背中に爪を立てて、姫は啜《すす》り泣いた。

龍次の腰も怒濤《どとう》のように、姫を責める。

愛液にまみれた結合部で、卑猥《ひわい》な音が高まった。

侑姫の真芯を貫いたまま、龍次は彼女の軀を軽々と裏返しにした。

板の間には、したたり落ちた破華の赤い印が残っている。

湯舟の縁に両手を突かせて、龍次は背後から突いた。

侑姫が本物の〈おゆう〉ならば、絶頂に達した瞬間に、この背中に姫様彫りの鳳凰《ほうおう》の図柄が浮かび上がるはずだ。

まろやかな姫の臀に、男の引き締まった下腹部が、音を当てて打ち当たった。

突いて突いて、突きまくる。

侑姫の臀や背中は、奥深い快楽によって薔薇色《ばらいろ》に染まった。

ついに、最後の瞬間が訪れた。

姫は、喉の奥で声にならぬ叫びを上げた。

龍次も強烈な締めつけを味わいながら、大量に放つ。

しかし、龍次は愕然《がくぜん》となった。

「馬鹿な……!?」

確かに快楽の絶頂に至ったはずなのに、侑姫の背中には、何の図柄も浮かび上がらなかったからだ。

6

風呂敷包みを背負い菅笠《すげがさ》をかぶった龍次は、深夜の三条通《さんじょうどおり》を東へ向かっていた。

菅笠の中央には〈卍〉の焼き印が押されている。

機械的に足を運びながらも、頭の中は先ほど侑姫に聞いた意外な事実で、いっぱいであった。

軽い失神から覚めた侑姫は、龍次の広い胸に顔を埋《うず》めて、こう切り出したのである。

「――わたくしは双子だったのです」

二十年前、宍倉藩主・藤堂高顕の側室であるお留衣の方が、江戸の下屋敷で出産した。

正室との間に子供のなかった高顕にとっては、初めての子供である。

が、生まれたのは一卵性双生児の女児であった。

武家に、特に大名家にとって、長男が双子というのは、非常にまずい。

成長したのち、長男と次男のどちらが家督を相続するかで揉め、御家騒動の原因になるからだ。

それゆえ、双子のことを〈畜生腹《ちくしょうばら》〉と呼ぶ。

お留衣の方が産んだのは女の子だったが、それでも、このあと高顕に子供が出来なければ、長女が婿《むこ》をとって家督を継ぐことになる。

その時、双子の妹がいては、争いの火種になるかも知れない。

下屋敷の側用人《そばようにん》・丹波《たんば》章右衛門《しょうえもん》は、独断で妹姫の方を捨てた。

高顕には、女児誕生とだけ知らせた。

双子の件は、御殿医とお留衣の方、浜路、章右衛門の四人だけの秘密である。

そして、妹姫の行方を知っているのは、丹波章右衛門だけだが、彼はそれについては語らぬまま、六年後に亡くなった。

その翌年、正室・お幸《ゆき》の方《かた》が懐妊。待望の男子を出産した。

これで侑姫は、家督相続問題から外れたことになる。

その時になって、お留衣の方は妹姫を捜させたが、行方は知れなかった。

「わたくしに、そっくりの娘と聞いて、咄嗟《とっさ》に妹のことではないかと思ったのです……」

龍次も、三年前の秋、信州の地獄谷《じごくだに》で、彫師《ほりし》の陣助《じんすけ》が最後に「畜生……」と言ったことを思い出していた。

あの時は、自分に毒を飲ませた彫物三姉妹を呪《のろ》っての言葉と思っていたが、本当は「畜生腹の……」と言いたかったのではないか。

侑姫は十歳の時、湯殿で足を滑らせて右の内腿《うちもも》を湯殿の縁で強打し、そこが真っ黒に腫れ上がった。

しかし、そのことは誰にも言わなかった。

父に知れれば、付き添っていた乳母《めのと》の浜路が、罰せられる。

秘密に治療したが、小判大の赤痣《あかあざ》が残った。

もし、どこかの大名に輿入《こしい》れすれば早晩、痣のことはわかるであろう。

それで、侑姫は結婚を諦《あきら》めたのだった。

それに、不幸な妹姫のことを考えると、自分だけが幸福になるのは間違いな気がする……。

龍次は蓮華堂のことを、侑姫に詳しく説明した。

そして、訊《き》いた。

「どうして、俺に抱かれたのです」

「わたくしの妹を命がけで捜している男性《ひと》……そのような真心のある人に、侑の生涯でただ一人の御方《おかた》になって貰《もら》いたかった……」

「それは……」

「侑は、残りの人生を、貴方《あなた》の思い出だけを抱いて一人で生きてゆきます」

「姫……！」

龍次は激情にかられて、侑姫の華奢《きゃしゃ》な軀《からだ》を抱き締めた。

再び命の通った男根を、甘い花園に突き入れる。

男の首に唇を押し当てながらも、侑姫は言った。

「龍次様っ！　ゆうを……わたくしの妹を、必ず捜し出して下さい！　そして、幸せにしてあげて……！」

――龍次の行く手に、鴨川《かもがわ》にかかる三条大橋が見えた。

幅が四間《けん》一尺、長さが五十七間二尺。

日本で初めて、石柱の橋杭《はしくい》を使用した橋だ。

そして、江戸から東海道を上って来た者にとっては、京の都の入口である。

龍次は、江戸に向かうつもりであった。

蓮華堂秘帳を大河内備前守に届けて、松平定信を失脚させるためもあるが、何よりも〈おゆう〉の手掛かりは江戸にある――と考えたからだ。

彼が三条大橋の中ほどまで来た時、突然、東端から黒装束《くろしょうぞく》の者が走って来るのが見えた。

庭番だ。

「むっ！」

振り向くと、橋の西側からも小柄な庭番が走って来る。挟み撃ちだ。
龍次は、背中の荷物を捨てた。
道中差の柄《つか》に手をかける。
前方から来た奴が、忍び刀を抜こうとした。
が、龍次は自分から駆け寄って、間合の呼吸を崩す。
そして、相手が刀を抜き切らないうちに、その頸部《けいぶ》を切断する。
断面から血を噴きながら、首無し男は倒れた。
その血をまともに顔面に浴びて、
「あっ！」
後ろから来た庭番が、たたらを踏む。
女の声だった。
女忍《くのいち》なのだ。
振り向いた龍次は、一気に間合をつめて、道中差を水平に走らせた。
が、一瞬早く、女忍は疑宝珠《ぎぼし》に手をかけて欄干《らんかん》を跳び越えた。
血が目に入っては、勝負にならないと考えたのだろう。
龍次の刀は、女の忍び装束の胸元を、浅く斬り裂いたのみであった。

橋の下で水飛沫《みずしぶき》が上がったが、水面は暗く庭番の姿は見えない。
ふと、刀を納めた龍次は、足元に落ちているものに気づいた。
拾ってみると、手拭に包まれた守袋《まもりぶくろ》であった。手拭の一部は、斬り裂かれていた。
今の女忍が、懐《ふところ》に入れていたものだろう。
その守袋を、開いてみた。
「っ!?」
龍次の双眸《そうぼう》が、くわっと開かれた。
守袋に入っていたのは、真綿に包まれた古びた男雛《おびな》の土鈴《どれい》だったのである。
忘れもしない十一年前の夜、おゆうが持っていた鈴だ。
と、すると、今の女忍は！
飛びこみそうな勢いで、龍次は欄干から身を乗り出し、鴨川の水面《みなも》を凝視した。
しかし黒々とした河面には、何の姿もない。
「おゆう――っ!!」
喉が裂けんばかりの声で、龍次は宿命の女の名前を呼んだ。
が、返事はなかった。

「………」

しばらく欄干にかじりついていた龍次は、風呂敷包みを背負うと、決然とした表情で三条大橋を渡った。

渡り切ったそこは、東海道である。

おゆうが――先ほどの女忍が庭番である以上、江戸へ下る自分の懐にある顧客控を狙って、再び襲って来るに違いない。

仲間と一緒に。

また逢える。

その時を待つのだ。

卍屋龍次は、修羅《しゅら》の道となるであろう東海道を、足早に歩いていった。

道中ノ二　七里《しちり》の渡《わたし》に断つ

1

「来たぞ――」

髭面《ひげづら》の浪人が、口に咥《くわ》えていた枯れ草を、ぷっと吹き飛ばした。

「あいつか……」

六尺豊かな大柄の浪人が、切り株から腰を上げる。

尾羽《おは》打《う》ち枯《か》らした薄汚い格好の、喰《く》い詰《つ》め浪人であった。

酒と飯にありつくためには、何でもやる手合《てあい》だ。

ただ、その腰の座り具合と身のこなしから、相当以上の腕前とわかる。

二人の浪人者は、街道の端から、道の真ん中へと移動した。

東海道は庄野宿《しょうのしゅく》から、六百メートルほど先の、神戸藩《かんべはん》と亀山藩《かめやまはん》の国境《くにざかい》だ。

道の左側に、〈従是東《これよりひがし》神戸領〉と彫られた領界石が立っている。

もう春だというのに、吹く風は冷たい。

その男は、西の方からやって来た。

旅廻りの行商人であった。

黒の半合羽《はんがっぱ》を着て、着物の裾《すそ》をからげ、大きな風呂敷包みを背負っている。

白い川並《かわなみ》を穿《は》き、黒い手甲《てっこう》と脚絆《きゃはん》をつけ、菅笠《すげがさ》をかぶっていた。

背が高く痩せている。

やや前屈姿勢で、踵《かかと》を浮かせ気味にして、一定の調子で脚を運んでいる。相当に旅慣れしている者の歩き方だ。

左腰に、脇差を落としている。

原則として、百姓・町人は帯刀を許されてはいない。

だが、旅行中であれば、護身のために、刀身が一尺八寸――約五十五センチ以下のものならば、腰に差すことが認められていた。

いわゆる道中差《どうちゅうざし》である。

その旅商人の道中差の鐔《つば》には、小さな土鈴《どれい》が下げられていた。

かなり古びた、丸い女雛《めびな》の土鈴である。

ころころころ……。

土鈴は、彼の脚の運びに合わせて、柔らかい音色《ねいろ》を響かせていた。

目深《まぶか》にかぶった菅笠のために、顔の下半分しか見えないが、まだ若いようだ。

そして、その菅笠の中央には、〈卍《まんじ》〉の焼き印が押されている。

「間違いないようだ」

大男の浪人は、そう言うと、手にした二間柄《けんえ》の鎗《やり》の鞘《さや》を外した。

若い旅商人は、逃げもせず、迂回する様子も見せずに、まっすぐに二人の浪人者の方へ歩いて来る。

そして、六メートルほど手前で止まった。

街道に見える人影は、この三人だけであった。

「――何か、私に御用ですか」

重みのある甘い低音で、彼は言った。

その声には、怖れの色はない。

髭面が、はだけた胸元を、ばりばりと掻きむしりながら、

「うむ。お前に、少しばかり、金子《きんす》を用立ててもらおうと思ってな」

「私が、見も知らぬご浪人様方に金を――でございますか」

「そうだ」大男が頷いた。

「どうも、乱暴なお話で……」

「否《いな》と言うなら、この鎗に一働きさせることになる」

大男が、しゅっと鎗穂《やりほ》を突き出して、旅商人の若者を威嚇《いかく》した。

「どうじゃ」

くくっ……と長身痩軀《そうく》の若者は、肩で嗤《わら》った。

「な、何が可笑《おか》しいっ！」

髭面が、怒気を露《あら》わにすると、

「金だけで宜《よろ》しいので……？」

若者は嘲《あざけ》るように言った。

「本当は、俺の懐《ふところ》の〈巻物〉が欲しいんじゃねえのかっ」

「ぬっ！」

浪人たちの面《おもて》に、鋭い殺気が奔《はし》った。

こういうことには慣れているらしく、二人は同時に突進して、間合をつめる。

若者は圧倒的に不利であった。

相手は二人だし、背中に旅簞笥《たびだんす》を包んだ大きな風呂敷を背負っていては、自由に動くことも出来ないのだ。

かと言って、風呂敷包みを放り出すためには、胸の前の結び目を解くか、菅笠を脱いで、輪になった風呂敷の両端から頭を抜くしかない。

どちらも、時間がかかりすぎる。

その間に、鎗に喉を貫かれるか、大刀で斬り倒されるか――若者の助かる道はないように思われた。

ところが、若者が結び目から手を放すと、大きな風呂敷が何の抵抗もなく、どさっと背後の地面に落ちたのである。

「っ!?」

髭面と大男は驚いた。驚きながらも、大男が、鎗穂を若者に突き出した。

いつもの連携攻撃だ。

まず、相手に鎗を突き出す。

それに突き殺されれば、良し。

たとえ相手が躱《かわ》したとしても、その態勢の崩れを狙って、髭面が斬りつけるという作戦だ。

二人は今まで、この作戦で何人もの侍を倒し、所持金を奪っている……。

ころ――ん、と土鈴が鳴った。

同時に、鎗が二間の柄の半ばから切断されて、鎗穂のある上半分が宙に飛ぶ。目にも止まらぬ迅《はや》さで、若者が腰の道中差を抜き、鮮やかに鎗穂を躱しながら、柄を切断したのである。

あまりにも意外な展開に、たたらを踏んで態勢を崩したのは、大男の方であった。

その時には、若者は、髭面の方に向かっていた。髭面は、まだ三分の一ほどしか抜刀していない。

若者の道中差が、髭面の喉元に奔《はし》った。

恐怖を、その醜《みにく》く歪《ゆが》んだ顔に貼りつけたまま、髭面の首筋から龍吐水《りゅうどすい》のように鮮血が噴出する。

頸動脈《けいどうみゃく》を斬り裂かれたのであった。

驟雨《しゅうう》のように、髭面の血が、乾いた地面を叩いた。

「お、おのれっ！」

仲間が血を噴きながら倒れたのを見て、大男は、悪鬼のような形相《ぎょうそう》になった。

半分の長さになった鎗の柄を若者に向け、巨体ごとぶつかる勢いで、突きかかる。

若者は、滑るような動きで突きを躱すと、大男の左腕を、大根のように斬り落とした。

鎗の柄を握ったまま、肘《ひじ》から切断された左の下膊部《かはくぶ》が、地面に落下する。

「ぐっ！」

左腕の切断面から奔《ほとばし》る血飛沫《ちしぶき》を見ながら、大男は、右手で大刀を抜き放った。

凄い精神力だ。

が、その時には、若者の道中差が、大男の右脇腹を貫いている。

ぐらりと、大男の軀《からだ》が傾《かし》いで、横倒しになった。

若者は、すでに絶命している髭面の浪人の袴《はかま》の裾《すそ》で、ゆっくりと血刀《ちがたな》を拭う。

「そ……そうか……」

大男は、真っ赤に充血した目で地面に落ちている風呂敷包みを見て、呟《つぶや》いた。

「抜き輪結びだったのか……」

通常、風呂敷包みを背中に背負う時には、その両端を胸の前で結び、それを両手で摑《つか》む。

ところが、〈抜き輪結び〉というのは、右端だけを輪に結び、そこに左端を通して左手に巻くのだ。

こうすれば、左手を開くと、風呂敷包みは自重で一瞬のうちに落下するのである。

旅をしていると、いつ何時《なんどき》、強盗や狼《おおかみ》に襲われるかわからない。

もし背後から襲われた時に、この抜き輪結びをしていれば、荷物を捨てて逃げることが可能なのである。

だから、旅慣れた用心の良い商人は、普通の結び方よりは持ちにくいのを承知で、抜き輪結びにするのである。

若者は、大男の方へ近づいた。

「貴様ほどの手練者《てだれ》は、見たことがない……五両では安かったな……」

大男は、唇を歪《ゆが》めた。嗤ったのかも知れない。

「わしを斬った男の名を聞かせてくれ……」

「――龍次《りゅうじ》」

若者は言った。

「卍屋の龍次」

かすかに、大男の浪人が頷いたように見えた。そのまま、彼は目を閉じて、二度と開かなかった。

龍次は、道中差を鞘に戻した。

そして、ゆっくりと周囲を見まわした。

口辺に薄く嗤いを刷《は》いて、龍次は風呂敷包みを背負い上げた。

路上に二つの死骸を残したまま、何事もなかったように、東へ向かって歩き出す。

ややあって、領界石の蔭に隠形《おんぎょう》していた男が、むっくりと身を起こした。

年齢は、四十歳前半と見える。百姓の身形《みなり》をしてはいるが、その眼光は異様に鋭い。

すでに小さくなった龍次の後ろ姿を睨みつけて、

「無楽流《むらくりゅう》石橋派脇差居合術《わきざしいあいじゅつ》か。今時、あれほどの無楽流の遣《つか》い手《て》がおろうとは……恐るべき奴じゃ」

唸《うな》るように、公儀庭番《にわばん》の緋桜組組頭《ひざくらぐみくみがしら》である箕輪勢厳《みのわせいげん》は、呟いた。

「じゃが、彼奴《きやつ》の懐《ふところ》にある蓮華堂《れんげどう》秘帳……必ずや奪わずにはおかぬっ！」

寛政《かんせい》五年——西暦一七九三年、陰暦二月初めの午後のことであった。

2

蓮華堂秘帳について説明するためには、まず卍屋龍次の過去を語らねばならない。

――江戸は下谷《したや》の小間物屋《こまものや》の一人息子として生まれた龍次は、三歳の時に、明《めい》和《わ》の大火で両親を失い、孤児《みなしご》となった。

そして、遠縁の棒手振《ぼてふ》り夫婦に預けられ、虐待されながら成長したのである。

彼が十歳になった時、日本橋にある大店《おおだな》の番頭という男が長屋を訪れ、十両の支度金で龍次は奉公に出された。

ところが、連れて行かれた先は、日本橋ではなく、本所《ほんじょ》の外れにある香蘭寺《こうらんじ》であった。

そこには、〈蓮華堂〉という秘密倶楽部があった。

売り物は、十歳前後の美少年美少女による性交ショーである。

公家の落し胤《だね》ではないか、とまで言われるほど美しい少年の龍次は、このSEXショーの出演者として買われたのだった。

会員は、浮世の遊びをやり尽くして、普通の性的刺激では何も感じなくなってしまった放蕩者たち——豪商、大身《たいしん》の旗本、大名や、その隠居などである。

彼らは、法外な額の入会金と会費を払って、子供たちの背徳的な観世物《みせもの》を楽しむのだ。

十歳の龍次は、観世物になることを拒否した。

そのため、幼い男根に〈姫様彫《ひめさまぼ》り〉による二匹の龍を彫りこまれた。

姫様彫りとは、海綿体が充血して勃起した時にだけ、特殊な色素が発色して、男根の表面に図柄が浮かび上がるというものである。

決して消えることのない奇怪な烙印《らくいん》を、己《おの》れの肉体に押された龍次は、黙々と舞台を務めるようになった。

魂の一部が壊死《えし》を起こし、生きながら人形になってしまったのである。

香蘭寺から一歩も外に出られないまま、十三歳になった龍次は、ある夜、一人の少女に引き合わされた。

この世に人間として生を受けたことが何かの間違いではないか——と思われるほど神秘的で清浄な、十歳の美少女であった。

その少女の名は、ゆう。

背中に鳳凰の姫様彫りを旋《ほどこ》されていて、その夜の舞台から、龍次の相方となる予定の少女であった。

おゆうは、一対の男女雛の土鈴を持っていた。

その女雛の土鈴を龍次に渡し、少女は微笑んだ。

ごく自然に、龍次も笑みを返した。

そして、驚いた。

涙も笑いも、人間らしい感情は全て、忘れていたはずなのに……。

が、突然、町奉行所と寺社奉行が合同した捕方《とりかた》の群れが、蓮華堂を急襲した。

灯《あか》りが消され、暗闇の大混乱の中で、龍次とおゆうは、離ればなれになってしまう。

龍次の方は、蓮華堂の用心棒である浪人・佐倉重三郎に助けられた。

重三郎は、蓮華堂のような鬼畜《きちく》の集まりに加わっていたことを後悔し、その罪滅ぼしのために、龍次に無楽流脇差居合術の奥儀《おうぎ》を授けた。

そして、龍次は卍屋となり、日本中を旅してまわった。

背中に鳳凰の姫様彫りをした、幻の美少女〈おゆう〉を求めて……。

運命の出逢いから十一年──ほとんど諦《あきら》めかけていた龍次は、ついに〈おゆう〉

の素性《すじよう》を知ることが出来た。

今から二十年前、上州《じようしゆう》宍倉藩《ししくらはん》十五万石の藩主・藤堂高顕《とうどうたかあき》の側室であるお留衣《るい》の方《かた》が江戸の下屋敷で女の子を出産した。

双子であった。

しかも、高顕には、他に子がない。

双子の姫が将来の御家騒動の元になる——と考えた下屋敷側用人《そばようにん》の丹波《たんば》章右衛《しようえ》門《もん》は、独断で妹姫を捨てた。

姉の方は〈侑《ゆう》〉と名づけられて、美しい姫君に育った。

そして、市中に捨てられた妹姫こそ、蓮華堂へ売られた美少女〈おゆう〉だったのである。

おゆうの素性が判明するのと前後して、龍次は、京の珍皇寺《ちんのうじ》の前で黒装束《くろしようぞく》の男に斬られて死んだ若侍から、蓮華堂秘帳なるものを託された。

それは、あの忌《い》まわしい蓮華堂の会員名簿だったのである。

自筆の署名の中に、白河《しらかわ》藩主・松平越中守定信《えつちゆうのかみさだのぶ》の名前を見つけた龍次は、驚愕《きようがく》した。

松平定信——徳川一族の御三卿・田安《たやす》家の出身で、八代将軍・吉宗の孫にあたり、現在の老中首座であった。

一橋《ひとつばし》家と手を組み、政敵の田沼主殿頭意次《たぬまとのものかみおきつぐ》を権謀術数の限りを尽くして蹴落とし、三十六歳の若さで権力の頂点を極めた怪物である。

十代将軍・家治《いえはる》が急死したのは、この定信＝一橋家の手の者が食事に毒を混入したため……という噂があるほどだ。

重商主義で経済の活性化を計った田沼意次とは逆に、松平定信は、観念的な農本主義と身分制度の厳守を根本理念として、寛政の改革を断行したのである。

まず、奢侈《しゃし》禁止令を出して、贅沢な着物や豪華な料理などを禁止した。

享楽的な風潮はアルコールのせいだという理由で、酒の生産量を減らさせた。

さらに、朱子学以外の学問を潰《つぶ》す〈異学《いがく》の禁〉を行い、出版取締令を出して、徹底的な思想統制を行った。

勿論《もちろん》、男女の恋愛を扱った人情本などは、出版を許されない。

何しろ定信は、十一代将軍家斉《いえなり》に、ＳＥＸの回数を減らすようにと進言までした男なのである。

庶民の性交態位を制限することすら考えていた。

ただし、実際にそれを見張るのは不可能だと気づいて、諦めたが……。

勤倹尚武《きんけんしょうぶ》を政治理念とし、清廉《せいれん》禁欲を生活信条とする松平定信は、庶民の生活を徹底的に圧迫し統制することで、ぐらついた幕府の屋台骨を立て直そうとしているのである。

そんな男が、実は、幼い子供の性交ショーを売り物にしている地下組織の会員だったとは！

恋愛を描いた本は風紀を乱すと言って出版禁止にした張本人が、子供同士の媾《まぐ》合《あい》を涎《よだれ》を垂らして見物していたわけだ。

おそらくは、幼児愛好者なのであろう。

ヒステリックに〈健全で清潔な生活〉を説く者が、裏にまわると歪《ゆが》んだ欲望の持ち主だったりするのは、いつの世も同じだ。

たとえば、美少年が肉体を売る蔭郎宿《かげろうやど》の一番の得意客が、僧侶であるように……。

龍次は、蓮華堂の会員は一人も許せないが、特に松平定信のような卑劣漢には、虫酸《むしず》が走る。

こんな外道《げどう》のために、自分や他の多くの仲間が人生を狂わされたのかと思うと、八つ裂きにしても飽き足らない。

死んだ若侍は、定信の政敵である老中・大河内備前守宗昭《おおこうちびぜんのかみむねあき》の家臣であった。

そして、若侍を襲った黒装束の男は、松平定信が放った庭番の一人だ。

庭番とは、徳川吉宗が八代将軍に就任した時、紀伊国から連れて来た十七家の紀州忍者のことである。

彼らは、普段は御休息御庭之者《おにわのもの》として四阿《あずまや》の番人をしている。

そして、将軍や老中の密命が下るや、全国に飛んで、情報収集や破壊工作、そして暗殺などを行うのだ。

庭番は、緋桜組《ひざくらぐみ》、白蘭組《びゃくらん》、紫苑組《しおん》、萌黄組《もえぎ》の四つに分かれている。

各組の名称が草木に関係があるのは、表向きの勤め先が吹上《ふきあげ》御庭だからだ。

蓮華堂秘帳を狙っているのは、庭番緋桜組であった。

しかし、政争に利用されるのを承知で、公儀庭番に命を狙われるのを承知で、龍次は江戸の大河内備前守の屋敷へ、蓮華堂秘帳を届けることにした。

理由は二つある。

一つは、偽善者の松平定信を失脚に追いこみたいからだ。

いや、醜聞の内容からして、これが公《おおやけ》になれば、定信は切腹せねばなるまい。

もう一つの理由は――数日前、巻物を懐《ふところ》にした旅支度の龍次が、京の三条大橋を渡った時、二人の庭番が襲って来た。

一人は斬り倒したが、もう一人の女忍《くのいち》は、胸の前を斬り裂いただけであった。

女忍は、懐から守袋《まもりぶくろ》を落として、鴨川《かもがわ》へ飛びこんだ。

その守袋を開いて見ると、真綿に包まれた古びた男雛の土鈴が出て来た。

龍次が持っている女雛の土鈴と、対になったものである。

つまり、その女忍が〈おゆう〉だったのだ。

いかなる運命の変転によって、おゆうが女忍者となったのか、それは龍次にはわからない。

はっきりしていることは、自分が蓮華堂秘帳を持っている限り、庭番たちは何度でも襲って来るであろうということだけであった。

そうすれば、再び、おゆうに逢える。

これが、二つ目の理由だ。

卍屋龍次は、東海道を東へ下る。

江戸の大河内備前守に蓮華堂秘帳を渡すために。

幻の女〈おゆう〉に再会するために。

たとえ、それが血風吹き荒ぶ修羅《しゅら》街道であっても——。

3

庄野宿は、その先の石薬師宿《いしやくししゆく》と並んで、東海道で最も旅籠《はたご》の数が少ない貧宿だ。宝暦《ほうれき》八年には、何と、たった四軒しか旅籠がなかった。

今では二十軒ほどあるが、それでも、関宿《せき》の五十五軒や石部宿《いしべ》の六十軒とは比べものにならない。

そんな寂《さび》れた宿場にも、名物はある。

焼米《やきごめ》だ。

これは、ただ青い糯稲《もちいね》を籾《もみ》のまま炒《い》り、唐臼《からうす》で搗《つ》いて平たくしたものだ。握り拳《こぶし》ほどの大きさの、青い紐で編んだ俵に入れてある。

生の米よりも軽く保存性が高く、噛むと甘みがあって、糒《ほしいい》より美味であった。

奈良時代から作られていたといい、浅井了意《あさいりようい》の『東海道名所記』にも〈火米《やきごめ》〉の表記で紹介されている。

卍屋龍次は、孫らしい赤ん坊を背負った老婆《ろうば》が店番をしている茶店で焼米を買い、庄野宿を抜けた。

次の石薬師までは、わずか二十七町——三キロ弱しかない。

なぜ、大した難所でもないのに、これほど近距離に二つの宿駅を設けたのか、不明だ。

石薬師も、旅籠数十五軒の小さな宿場であった。

その宿場名は、西から来て一里塚の先にある寺——高富《こうふ》山《さん》瑠《る》璃《り》光院《こういん》石薬師《いしやくし》寺《じ》に由来する。

御本尊である高さ二・三メートルの薬師如来の石仏を彫ったのは、かの弘法大《こうぼうだい》師《し》だという。

さらに街道をはさんで、その向かい側には源頼朝の弟である蒲範頼《かばのりより》を祀った蒲神社がある。

龍次は、そのどちらにも関心を示さずに、石薬師宿を通り抜けた。

茶屋で饅頭を食べていた二人の雲水《うんすい》が、じっと自分を見つめているのに気づいたが、素知らぬ顔で、通り過ぎる。

宿場を出ると、右手に鳥居と石垣に囲まれた塚があった。〈日本武尊血塚《やまとたけるのみことちづか》〉だ。

その先は、急な下り坂になっている。

日本武尊が東征より帰る途中に、足を痛めて杖《つえ》をつきながら登ったという〈杖《つえ》衝坂《つきざか》〉である。

坂を下りてゆく途中の左側に、「歩行《かち》ならば　杖つき坂を　落馬かな　芭蕉《ばしょう》」と彫られた石碑があった。

宝暦六年に建立された、俳聖・松尾芭蕉の句碑である。

石薬師宿から二里と二十七町——約十一キロほどで、四日《よっか》市《いち》宿だ。

東海道でも指折りの宿場で、家数千百五十軒。飯盛《めしもり》旅籠だけで百軒もある。

天明《てんめい》四年には、幕府から「あまりにも賑やかすぎる」と注意を受けたというから、その繁盛ぶりが想像出来よう。

東海道の宿駅というだけではなく、伊勢湾の西岸に位置する湊《みなと》でもある。

日《ひ》永《なが》の追分《おいわけ》を通り過ぎた龍次が、四日市に到着した時は、すでに陽は山の端に沈みかけていた。

今夜は、この宿場に泊まることにする。

飯盛女中という名目の女郎を置いている飯盛旅籠は避けて、龍次は、普通の旅籠に入った。

番頭に上客と見られた龍次は、二階の角部屋へ案内された。

一風呂あびて、新鮮な魚介類の刺身を並べた夕食をとる。

膳が下げられた後、窓から通りの人ごみを見下ろしていた龍次は、

「…………」

つ……と道中差《どうちゅうざし》に手を伸ばす。

廊下に、人の気配を感じたのだ。

4

「あの……よろしいでしょうか」

女の声であった。

「どうぞ」

座り直した龍次が応じると、

「失礼いたします」

障子を開けて部屋に入って来たのは、二十代後半の堅気《かたぎ》の女だ。

着ているものは地味だが、人妻でも後家でもない。

商家の奉公人のように見える。

「…………」

入っては来たものの、女は、どう話を切り出したらいいのかと迷っている様子であった。

「四目屋《よつめや》道具のご入り用で、ございますか」

龍次は、相手の素性《すじよう》も訊《き》かずに、いきなり言った。

「は、はい」

救われたように、女は頷いた。

四目屋——それは、江戸の両国薬研堀《やげんぼり》にある有名な店である。

閨房《けいぼう》で男女が使用する秘具、媚薬《びやく》の類《たぐい》を専門に扱う小間物屋《こまものや》だ。

寛永《かんえい》年間、三代将軍家光のころから営業しているという老舗《しにせ》で、その屋号の通り、黒地に白く四個の菱《ひし》の目を染め抜いたものを商標にしていた。

江戸には、他にも秘具店はあったが、四目屋があまりにも有名だったため、〈四目屋道具〉〈四目屋薬〉というように、その屋号が秘具や媚薬の代名詞になったのである。

しかし、江戸、大坂、京などの大都会だけではなく、日本中どこでも、秘具の需要はある。

地方では娯楽が少ない分だけ、その需要はより切実かも知れない。

そこで、旅の小間物屋が副業的に扱っていた秘具を、次第に専業とする者が現れた。

これが卍屋である。

その〈卍〉とは、四目菱の紋の縁《ふち》と仕切りをなぞった字で、本家の四目屋にあやかったものだ。

扱う品物が品物だけに、卍屋は、普通の行商人とは違って、呼び売りなど出来ない。

宿場についたら、一番上等の旅籠に泊まって、窓の手摺《てすり》に卍の焼き印を押した菅笠《すげがさ》をかけるのだ。

あとは、黙っていても、客の方からやって来るのである。この女のように………。

「張形《はりがた》でしたら、色々と取り揃えてございます」

龍次は、特製の行李《こうり》簞笥《だんす》の引き出しから、幾つかの黒い木箱を取り出した。

手早く女の前に並べる。

卍屋は、客に欲しい品物を訊かない。

次々に秘具や媚薬を見せて、その説明をしていれば、いつかは客の欲しい物に行き当たるのだ。

男の場合は、やはり媚薬を欲しがる者が多い。

勃起促進剤や女体《にょたい》の感度を高める興奮剤などである。

今の相手は女性客だから、最も需要の高い張形から見せたのだ。

言うまでもないことだが、張形とは、女性の自慰に使用する勃起した男性器を象《かた》どった性具である。

「いえ……違うのです」

龍次が木箱の蓋《ふた》を開けようとすると、女はあわてて手を振った。

「──と、おっしゃいますと？」

わずかに片眉《かたまゆ》を吊り上げて、龍次は、女を見つめた。

「わたくしは、民《たみ》と申します。宮《みや》の宿の、さる大店に奉公している者です。そ……それが必要なのは、わたくしではございません」

頬を染めて、お民は言った。

四日市の次の宿場が桑名《くわな》、その次が宮だ。

その宿場名は、日本武尊の佩刀《はいとう》である草薙剣《くさなぎのつるぎ》を御神体にしている〈熱田《あつた》神宮〉から来ている。

伊勢湾の東岸にあり、尾張徳川の城下町である名護屋まで五十町という地の利もあって、宮は大いに栄えた宿場であった。

何しろ旅籠だけで、二百四十八軒もある。

家数三千戸、人口は一万人をこえていて、東海道で最も賑やかな宿場だ。

当然、豪商も多い。

お民は、身を揉むようにして、

「口では説明しにくいことなので……申し訳ございませんが、亥《い》の上刻《じょうこく》になったら、この先の丸岡《まるおか》という料理茶屋に来ていただけませんか。それの木箱を持って、卍屋と名乗っていただければ、わかるように致しますから」

懐《ふところ》から紙包みを出して、前にすべらせた。

「これは、手付けということで……」

龍次は、紙包みを手にした。形と重さから、中身は一両小判だと判る。

「承知しました」

龍次は言った。

これが公儀庭番の罠だとしたら、罠にかかった振りをするのも一興だ……。

5

亥の上刻──午後十時。

龍次は、右手に風呂敷包みを下げて、人けのない通りを東へ歩いていた。

裾《すそ》を下ろした着流し姿で、手甲《てっこう》や脚絆《きゃはん》はつけていない。

ただ、左腰には道中差を落としている。

長さ二十町余の四日市宿を半分に区切る三滝川《みたきがわ》、それにかかる三滝橋を渡った。

この橋は、別名を陶土橋《すえつちばし》という。

渡っている途中で、龍次は、橋の袂《たもと》の居酒屋に、数人の人間が息をこらして潜《ひそ》んでいるのに気づいた。

が、頬に不敵な微笑を浮かべて、龍次は歩き続ける。

橋を渡り切って、その居酒屋の前を通り過ぎようとした時、中から人間が飛び出して来た。

月代《さかやき》を伸ばした、小柄な渡世人であった。

不意をついて、ぶつかるつもりだったらしいが、龍次は巧みに躱《かわ》した。

「うっ!?」

目標を失った小男は、頬から地面に突っこんだ。

龍次は、そのまま歩き去ろうとする。

「ま、待ちやがれっ！」

折れた前歯から流れる血で、口のまわりを汚しながら、小男は喚《わめ》いた。

龍次は立ち止まって、ゆっくりと振り向く。

「何だ、何だ！」

「どうしたんでえ、松吉《まつきち》っ！」

居酒屋から六人の男が、駆け出して来た。

みんな、派手な柄の着流し姿の渡世人で、腰には長脇差《ながどす》をぶちこんでいる。

「梵天《ぼんてん》の兄貴ィっ！　あの流れ商人《あきんど》が、俺をこんな目に……」

鼠《ねずみ》のように貧相な顔を歪《ゆが》めて、小男は仲間に訴える。

「何だとっ!?」

兄貴と呼ばれた体格の良い男が、ぎろりと龍次を睨みつけた。

頭髪と眉《まゆ》を剃《そ》り上げて、眉間《みけん》に骰子《さいころ》の彫物《ほりもの》をしている。

「おいっ、そこの生《なま》っ白《ちろ》いの！　この四日市宿を仕切っている泥首《どろくび》一家の代貸《だいがし》で、梵天の城兵衛《しろべえ》とは俺のことだ！」

金壺眼《かなつぼまなこ》を光らせて、城兵衛は怒鳴った。

おそらくは、背中に梵天王の彫物でもしているのだろう。

「その城兵衛様の可愛い弟分に、こんな大怪我をさせて、黙って逃げるつもりか！」

他の五人も、自分では凄みがあると思っているらしい形相《ぎょうそう》で、龍次を睨む。

どいつもこいつも、狂犬病にかかった野良犬のように、ひくひくと頬を痙攣《けいれん》させていた。

「その人は、勝手に飛び出して来て勝手に転んだので、私には関係ありませんよ」

龍次は、穏やかな口調で言った。

大体、初めて会った龍次を、旅の行商人だと知っていることが不自然である。

「ふざけるねえっ！」

梵天の城兵衛は、吠えた。

「おめえら、この若造に礼儀を教えてやれっ」

「へいっ」

五人のやくざ者は、龍次を取り囲んだ。

安っぽい顔に、弱い者に集団で暴力を振るう者に特有の、血に飢えたような嗜《し》虐的《ぎゃくてき》な嗤《わら》いを浮かべている。

「おい、立派な道中差じゃねえか。卍屋風情には、もったいない拵《こしら》えだ。銭入れじゃねえのなら、抜いてみなよ」

顎《あご》に大きな傷のある男が、ねちねちと嬲《なぶ》るように言った。

旅をする者の中には、護身用の道中差と見せかけて、中に刃《やいば》ではなく小銭を詰めている者もいるのだ。

街道で待ち伏せしていた二人組の浪人のような腕利きならいざ知らず、こんな虱《しらみ》のような連中に、無楽流の業《わざ》を振るう必要もない。

「お前さんの顎の傷は……」

龍次は、静かに言った。

「猫にでも引っかかれたのかね」

「…………！」

右の拳を固めて、顎傷男は殴りかかって来た。

龍次は軀《からだ》を斜めに開いて、その拳を躱《かわ》すと左の手刀《てがたな》を振り下ろした。

右腕を枯れ木のように圧《へ》し折《お》られた男は、悲鳴を上げて転げまわる。

袂から、二朱銀《にしゅぎん》が落ちた。

これが、龍次を痛めつける報酬らしい。

悲鳴が耳障りなので、龍次が脾腹《ひばら》に踵蹴《かかとげ》りを入れると、顎傷男は気を失った。

「野郎っ！」

背後にいた男が、飛びかかって来た。

龍次を羽交《はが》い締《じ》めにする気だ。

が、龍次の右の肘打《ひじう》ちを水月《すいげつ》にくらって、ぶっ倒れる。

前からかかって来た奴は、男の急所を蹴り潰された。

想像を絶した激痛に、口から泡を吹いて悶絶する。

「て、手強《てごわ》いぞ……！」

ようやく、自分たちが相手にしているのが、ただの旅商人ではないと気づいて、
男たちは狼狽《ろうばい》した。

龍次を囲んでいた残りの二人が、長脇差を引っこ抜く。

「ぶっ殺してやるっ！」

「今更《いまさら》、命乞いをしても手遅れだぜ！」

口では威勢がいいが、二人とも蒼白で、老婆《ろうば》のように腰を引いている。肘を棒のようにまっすぐに張って、抜き身の長脇差を龍次の方へ突き出していた。

これでは、案山子《かかし》でも斬れないだろう。

「……………」

龍次は左手で、道中差を鞘《さや》ごと腰から抜いた。柄《つか》を順手で握る。

「きえぇ――――っ！」

左側の奴が、怪鳥のような叫びを上げて、突っこんで来た。

龍次は、そいつの長脇差を跳ね上げると、鞘で脳天を一撃する。

「げっ⁉」

その男は脳震盪《のうしんとう》を起こし、白目を剝《む》いて倒れた。

右の男が、意味不明の喚き声とともに、斬りかかって来る。

道中差が水平に振られた。

顔面に激突して、男の鼻骨を粉々に砕く。

もし、抜き身だったら、頭蓋骨を半分に断たれていたであろう。

「ひい………」

顔中を血で真っ赤に染めて、男は、赤ん坊の泣き声そっくりの悲鳴を洩《も》らす。

「く……くそっ」

梵天の城兵衛は、泳ぐような手つきで長脇差を抜いた。

水を浴びたように、全身が汗に濡れていた。

出来れば、この場から逃げ出したいのだろうが、そんな真似をしたら、明日から渡世人として生きていけなくなる。

松吉と呼ばれた小男は、地面にしゃがみこんだまま、熱病にかかったように震えていた。

「二朱やそこらの端金《はしたがね》のために、自分で箸も持てないような軀になってもつまらないだろう……」

龍次は、教え諭《さと》すように言った。

「誰に頼まれたのか、しゃべりな。そうすれば、見逃してやる」

「うるせえ――っ！」

城兵衛は赤鬼のような形相で、斬りかかって来た。

龍次の道中差が、目にも止まらぬ迅《はや》さで突き出された。

「ぐお……っ!?」

梵天の城兵衛は、全身を硬直させる。

道中差の鐺《こじり》が、その上下の歯を叩き折って喉の奥を突き破っていた。

龍次が、鞘を口中から抜きとると、鯨のように血を噴き上げながら、城兵衛は倒れた。

手足が、無様《ぶざま》に痙攣している。

龍次は無言で、城兵衛の血で汚れた鐺を、松吉に向けた。

「山村屋《やまむらや》だっ！」

血の混った涎《よだれ》を垂らしながら、松吉はしゃべった。

「山村屋の番頭に頼まれて……あのお民って女に近づく野郎を痛めつけてくれと、頼まれたんだよっ」

「その山村屋というのは」

「宮の宿で一番の海産物問屋だ。お民は、そこの娘の乳母《うば》をしているんだそうだ」

「どういう理由で」

龍次は、冥《くら》い眼差《まなざ》しで鼠面の小男を見つめた。

乱闘の音や悲鳴は聞こえたはずだが、どの家も、関わりあいを怖れてか、固く戸を閉ざしたままだ。

「そいつは知らねえ……本当だっ！　助けてくれよ、兄貴！」

「お前さんに、兄貴と呼ばれる覚えはない」

龍次は苦笑して、松吉に背を向けると、片膝をついて城兵衛の着物の裾で鐺を拭う。

小男の目に、狡猾《こうかつ》な光が浮かんだ。

地面に転がっている城兵衛の長脇差に飛びつくと、体当たりするように背後から突きかかる。

龍次は振り向きながら、道中差を一閃させた。

鞘で右膝を砕かれた松吉は、勢い余って三滝川に転げ落ちた。

「助けてくれ！　俺《おら》ァ、泳げねえんだっ！」

小悪党の悲鳴を背中で聞きながら、龍次は川原町《かわらちょう》にあるという〈丸岡〉へ向かう。

最初から最後まで、その右手には風呂敷包みを下げたままであった。

6

〈丸岡〉の玄関で、出て来た仲居に「卍屋ですが」と告げると、龍次は奥の離れ座敷に通された。

構えの大きな店で、凝《こ》った造りの中庭がある。

渡り廊下を歩きながら、龍次は気配をさぐってみたが、その中庭には誰も隠れていないようであった。

「おいでになりました」

そう声をかけて、仲居が障子を開けた。

座敷で待っていたのは、山村屋の乳母《うば》のお民だけではない。

まだ年若い少年と、商家の番頭らしい中年の男が一緒だった。

龍次は中に入って「お待たせしまして……」と頭を下げる。

すでに膳が四人前、運ばれていたが、誰も箸をつけた様子がない。

少しの間、気まずい雰囲気のまま、一同は無言であったが、暗い表情の中年の男が、

「では、若旦那……わたくしは、あちらで」

叩頭《こうとう》して、次の間に退《さ》がる。

境の襖《ふすま》が閉じられると、お民が、意を決したように顔を上げて、

「龍次さん。実は、この若旦那の……男のものと同じ大きさの張形を、いただきたいのです」

「なるほど。〈姫割《ひめわ》り〉でございますか」

富裕な商家や大庄屋などの娘が結婚する場合、婚礼に先だって、娘の乳母が、相手の勃起した男根の大きさを計らせてもらうことがある。

そして、それと同寸の張形を四目屋や卍屋に作らせ、その張形で娘の破華《はか》を済ませておくのである。

これが〈姫割り〉だ。

これは、娘が生娘《きむすめ》だった場合――そうでなくては困るのだが――初夜に、恐怖と苦痛から見苦しい振舞をすることがあるので、それを防ぐため……と説明されている。

これだけ聞くと、一方的な女性蔑視のようであるが、真の狙いは別にあった。

つまり、寸法を計るという名目で花嫁側が相手の男の性器の異常、病気の有無、

さらに勃起能力などを調べるのである。

もし、夫婦生活や子造りに問題のある男ならば、破談に出来る。

初夜の翌日になって、双方の関係者が怒鳴りあうよりは、はるかに合理的なやり方——というわけだ。

「それでは、まず裸になり、横になっていただきましょう」

「慎之助《しんのすけ》様、お願いします」

お民が、そう言うと、

「はい……」

慎之助と呼ばれた少年は立ち上がって後ろ向きになり、羞《は》ずかしそうに着物を脱いだ。

龍次は、膳を壁際に並べて、邪魔にならないようにする。

少年は、まだ十三、四歳だろう。

現代の年齢に換算すれば、二十歳前後だ。

色白で、線の細い可愛い顔立ちをしている。

下帯だけになると、骨組も華奢《きやしや》で、女の子と間違われそうな体形であった。

蔭郎《かげろう》——衆道《しゆどう》の男性に肉体を売る少年売春夫になったら、さぞかし売れっ子になることであろう。

　慎之助は、畳の上に横になった。

「さあ、お民さん。若旦那のものを、しゃっきりとさせて下さい。そうでないと、大きさが判らない」

「わ、私ですか……！」

　お民は驚いた。

「男の私では、どうしようもありませんからね。それに、乳母のお前さんが直《じか》に調べないと、〈姫割り〉の意味がないでしょう」

「はあ……」

　躊躇《ためら》いながらも、お民は、慎之助の白い下帯を外した。

　その部分が、剝《む》き出しになる。

　お民は、震える右手で、少年の突起を摑《つか》んだ。

　年増《としま》だけあって、男性器を愛撫した経験はあるらしく、ゆっくりと上下に擦《こす》る。

　次第に、お民の瞳が熱っぽい光を帯びて来た。

　しきりに豊かな臀《しり》を蠢《うごめ》かすところを見ると、肉体の最深部が愛露《あいろ》を宿らせているのであろう。

だが、人に見られているためか、経験がないせいか、お民の奉仕にもかかわらず、慎之助のものは硬化しなかった。

「口を使いなさい」

龍次が命じると、今は積極的になっているお民は、抵抗なく少年の土筆《つくし》を咥《くわ》えた。

枕絵の手本になりそうな光景だ。

道の強烈な快感に、慎之助は固く目を閉じ、喘《あえ》いでいた。ようやく、屹立《きつりつ》する。

少年のファルスは、かなりの膨張係数を示した。

成人男性のそれより、一回り小さい程度にはなった。

さらに刺激して射出させようとするお民を、龍次は苦笑して止めた。

龍次は、やんわりと右手で少年のものを握って、長さと太さを覚えこむ。

中途半端な状態のまま、少年は苦労して下帯を締め、着物をきた。

次の間から中年男が出て来る。

二人はお民に挨拶して、去った。

龍次は、風呂敷包みを開いて、木箱を並べる。

「どちらの若旦那ですか」

「廻船《かいせん》問屋の田島屋《たじまや》さんのご長男です。一緒にいたのは、番頭の留三郎《とめさぶろう》さんです」

熱い視線を龍次の秀麗な横顔に向けて、お民は答えた。

「若い花婿《はなむこ》さんですね。お嬢さんと並んだら、お雛《ひな》様のようでしょう」

「いえ、お嬢様の方は、今年で二十一になります」

正座した踵《かかと》で、しきりに秘部の周囲を刺激しながら、お民は言う。

「ほお……」

二十代後半のお民が、二十一歳の娘の乳母というのは、話が合わない。

それに、かなり年齢の離れた姉さん女房だと思ったが、龍次は水牛の角で作った細身の張形を見せて、

「これが若旦那と同じ大きさですね。本当はこいつは蜜道《みつどう》に使うものなんですが」

「蜜道……？」

「秘密の道、つまり裏門のことですよ」

男色家が、まだ初物の少年を調教する時に使用する小ぶりなディルドゥなのである。

勿論《もちろん》、女性の背後の門にも使えるし、新品ならば、前の花孔に用いても問題はない。


「それでは、私はこれで……」

一両からの釣りを置いた龍次が、立ち上がると、

「待って！　まだ、お願いしたいことがあるのですっ」

お民が、その腰にすがりついた。

「そ、それに……このままでは、私……」

瞳を欲望に潤《うる》ませて、喘ぐ。

「欲しいのかい、これが」

龍次は、着物の前を開き、下帯の間から陽物を摑み出した。

「あ……っ」

眼前に、少年の幼いものとは比較にならないほど立派な男根を見て、お民は息を呑んだ。

しかもそれで、まだ平常の状態なのである。

龍次は、無造作にお民の髪を摑むと、その口に自分のものを押しこんだ。

お民の頭部を前後に動かす。

「む……う……」

噎《む》せながらも、お民は男の臀に爪を立てて、積極的に舌を使った。

口の端《は》から唾液を垂らしながらも、大きな肉塊《にくかい》を、音を立ててしゃぶる。

どくん、と龍次のそれが、頭をもたげた。

灼熱《しゃくねつ》の剛根である。

太さも長さも、普通の男性の倍以上だ。しかも、薔薇色《ばらいろ》の茎部《けいぶ》に、二匹の妖龍《ようりゅう》が巻きついている。

「こんなに……巨《おお》きいなんて……！　無理だわ……」

怯《おび》えたように、お民が呟《つぶや》く。

が、龍次は軽々と女の軀《からだ》を裏返しにして、四《よ》ん這《ば》いにする。

着物と肌襦袢《はだじゅばん》の裾《すそ》を捲《まく》り上げた。

さらに、緋色《ひいろ》の下裳《したも》もめくった。

「ひっ！」

白い艶《つや》やかな年増女の臀が、行燈《あんどん》の光に剝き出しになる。

龍次は、豊かな臀の双丘《そうきゅう》の狭間《はざま》を、指先で撫で下ろす。

その指が、女の花園に触れた。

そこは熱く煮えたぎり、透明な秘蜜が太腿《ふともも》の内側まで濡らしている。

「何が無理なもんか」

龍次は嗤《わら》った。

「もう、こんなになってるじゃねえか」

「いやっ」

お民は、袂《たもと》で顔をおおった。

高々と裸の臀をかかげる獣《けもの》の姿勢をとらされた女の背後に、龍次は位置した。

熱く濡れそぼった入口に、凶器の頭部をあてがう。

そして、一気に貫いた。

「――っ!?」

お民は仰《の》け反《ぞ》った。

自分から臀を振って求める年増女を、情け容赦なく龍次は責めた。

突いて突いて、突きまくる。

快楽と苦痛が複雑に入り混じった大波が、間断なくお民を襲った。

お民は、半狂乱になって悦声《よがりごえ》を上げる。

年増だけあって、お民の花孔の内部はよく練れていた。

それを味わいながら、

「——で？　俺に頼みというのは？」

龍次は、余裕をもって腰を動かす。

「それと、山村屋の内実を全部しゃべってもらおうか」

7

翌朝、龍次とお民は桑名へ向かった。

四日市宿から桑名宿までは、三里と八町——十二・七キロ。

桑名は、桑名藩十万石の城下町だ。

家数、千九百軒余り。

伊勢湾をはさんで対岸の宮宿と並ぶ、賑やかな宿場であった。

この桑名から宮までは、渡船《わたしぶね》が出ていて、旅人や荷を海上輸送する。

その平均距離は二十四キロほどなので、この海上路は俗に〈七里の渡〉と呼ばれていた。

常時、大小七十五隻もの船が行き来していたから、その眺めは壮観であった。

船を嫌がる旅人のためには、宮—名護屋—万場《ばんば》—佐屋《さや》—桑名という迂回路もあった。

ただし、この迂回路でも、佐屋から桑名までは船による川下りになるが……。

二人が桑名宿へ着いたのは、昼前であった。

龍次一人ならば、もっと早いのだが、昨夜三度も彼に可愛がられたお民は腰が定まらず、手を引いてやっても、なかなか足が進まなかったのである。

桑名宿の名物は、松かさを燃やして焼いた蛤《はまぐり》だ。

松かさの火は蛤を美味にし、その中毒をも防ぐという。

歌舞伎役者の三世中村仲蔵《なかぞう》は、その著書『手前味噌《てまえみそ》』の中で、桑名の焼蛤を絶賛している。

また、伊勢湾の蛤は、貝殻が厚く割れにくいので、京の公家の遊戯である〈貝合せ〉に用いられた。

余談だが、この〈貝合せ〉という言葉は、女性器と女性器を擦り合わせる同性愛の技法を指す場合もある……。

桑名宿の主道は、七曲りといわれるくらい曲りくねっている。

龍次とお民は、渡場《わたしば》に近い川口町《かわぐちちょう》にある春日《かすが》という茶屋へ向かった。

そこに、山村屋の娘であるお崎《さき》が待っているのだ。

昨夜、お民から寝物語に聞き出したところによると――山村屋六右衛門《ろくえもん》には、先妻の娘で二十一歳になるお崎と後妻の連れ子で十七歳になるお袖《そで》の、二人の娘がいる。

長女のお崎が後継ぎの婿《むこ》をとるのが筋だが、彼女の顔には、六歳の時に誤って熱湯の飛沫《しぶき》を浴びたため、薄い火傷《やけど》の跡が残っている。

そのため、二十一歳になるまで、結婚が決まらなかったのだ。

一方、後妻のお稲《いね》は、何とか連れ子のお袖に身代《しんだい》を継がせたいと、番頭の菊太《きくた》郎《ろう》を味方につけて、六右衛門を口説いていた。

そんな時、長らく懇意にしていた四日市宿の田島屋から、千二百両の借金の申しこみがあった。

田島屋には、十四歳の長男の慎之助と七歳による次男の音次郎《おとじろう》がいる。

その長男をお崎の入り婿にするという条件で、六右衛門は、大金を田島屋に貸した。

その婚礼を来月に控えて、お民は姫割りのために四日市へ来た。

ほとんど外出をしないし、人にも会わないお崎は、男女の交わりについて、強い恐怖感がある。

それゆえ、事前の姫割りは絶対に必要であった。

それを妨害するために、山村屋の番頭の菊太郎は、泥首一家の若い者に金を掴ませて、龍次を襲わせたのである。

お崎の本当の乳母《うば》はお秀《ひで》といい、お民は、その長女である。二人は、乳姉妹のようなものだ。

お秀が五年前に流行病《はやりやまい》で亡くなった時、お民は夫婦別れして、里へ帰っていた。それで六右衛門とお崎に乞われるまま、お崎の世話係として、山村屋に奉公に出たのである。

二代にわたる奉公なので、自然とお民は、お崎の乳母と呼ばれるようになったのであった。

そして、外出嫌いのお崎が、わざわざ桑名まで来ているのは、実は、七里の渡船の中で彼女の姫割りを行うためである。

「何で、そんな粋狂な真似を思いついたんだい」

対面座位――俗に〈地蔵抱《じぞうだ》き〉とか〈居茶臼《いちゃうす》〉とか呼ばれる態位でお民を突き上げながら、龍次は訊《き》いた。

「あ……一昨日、旅のお坊様が店に寄られて……『この家のお嬢様の大事は、邪魔の入らぬ洋上で行うが宜《よろ》しかろう。さすれば、夫婦和合子宝に恵まれること、間違いなし』とおっしゃったのです……うぅ……」

「旅の坊主か。で、俺に何をしろと？」

「お嬢様の姫割りをやってほしい……ああっ！」

その坊主というのが曲者《くせもの》だな——と龍次は思った。

春日の奥座敷で、お崎と下男の文吉《ぶんきち》という老爺《ろうや》が二人を待っていた。

小柄なお崎は、藤色の頭巾《ずきん》をかぶっている。

左目の横に、赤っぽい痣《あざ》が見えた。

「よろしくお願いします……」

蚊《か》の鳴くような声でそう言ったきり、お崎は視線を膝に落とす。

四人で軽い昼食をとってから、「では——」と文吉が立ち上がった。

すでに、四十人乗りの渡船が船着き場で待っていた。

豪華なことに、山村屋の貸し切りである。

文化年間の船駄賃規定によれば、四十人乗りの船一艘《そう》の貸し切り代金は、二貫二百五十四文《もん》だ。

銭二貫《かん》は一両の半分である。

ただし、今から船上で行うことがことなので、乗合船でという訳にはいかないのも事実だ。

最小限の船頭たちと一緒に、龍次、お民、お崎、文吉の四人は、渡船に乗りこんだ。

船着き場から出航する。

渡海の所要時間は、七里ならば二刻《ふたとき》——四時間というところだが、干潮で沖の方を廻ると七時間以上かかる時もある。

風の具合によっても、違う。

満潮にもかかわらず、山村屋の貸し切り船は沖へ向かった。

他の渡船の通らないところで、下の胴の間において、お崎の破華《はか》の儀式を行うためだ。

「お崎さん」

舳先《へさき》で、ぼんやりと海を見ていたお崎に、龍次は話しかけた。

「庄野の焼米をご存じですか」

「話には聞いていますが……まだ食べたことはありません」

龍次と目線をあわせないようにして、お崎は答えた。

そばには、お民がいる。

「よかったら、こいつをどうぞ。私は、手をつけちゃいませんから」

輪鼓《りゅうご》に似た形の青い小俵を、龍次は渡した。

それを受け取り、小俵を開いて見たお崎が、

「！」

なぜか、はっと頭巾の下で顔色を変えた。

「卍屋さんよォ」

艫《とも》の方で、のんびりした声で船頭が呼んだ。

「すまねえが、この綱を握っていてくれんかね。何せ、人手が足りんもんで」

「いいですとも」

気軽に、龍次は舵用《かじよう》の綱を握ってやる。

その瞬間、船頭たち三人と老爺の文吉が、龍次に銛盤《せんばん》手裏剣を放った。

が、龍次は抜く手も見せずに道中差《どうちゆうざし》を抜刀し、手裏剣をことごとく弾き落とす。

「ついに正体を見せたなっ」

龍次は、ふてぶてしい嗤《わら》いを浮かべて、

「逃げ場のない船の上で、俺を始末するつもりということは、最初《はな》からわかっていたぜ」

「ならば……」と文吉、いや、公儀庭番・緋桜組頭《くみがしら》の箕輪勢厳が言った。

「なにゆえ、この船に乗ったのじゃ！」

「俺の生涯で、ただ一人の女に逢うためさ」

そう言い放った刹那《せつな》、龍次は、船頭の一人を斬り倒していた。

そいつが血飛沫を上げて倒れる時には、二人目の脇腹を断ち割っている。

三人目の庭番は後方へ跳んで、龍次の一撃を躱《かわ》した。

「ちっ」

さらに龍次が踏みこむと、いきなり頭上を飛び越えて、龍次の背後にまわりこんだ。

そして、龍次を羽交《はが》い締《じ》めにする。

「今じゃ、お頭！」

そいつは叫んだ。

龍次は、動けない。

「おうっ」

勢厳が、忍び刀を抜き放つ。

が、次の瞬間その顔が苦痛と驚きに歪《ゆが》んだ。

何と、お崎が背後から手裏剣を放ったのである。

左肩に刺さった、その銛盤手裏剣を勢厳が抜こうとしている間に、龍次は、背後の奴を腰投げにした。

仰向《あおむ》けに倒れた奴の首に、道中差を突き立てる。

蛙《かえる》のように四肢《しし》を伸ばして、そいつは絶命した。

それを見た勢厳は、

「龍次！　蓮華堂秘帳は、必ず貰うぞっ！」

そう叫んで、海へ飛びこんだ。

水柱が、高く上がる。

龍次は、血振《ちぶり》すると、お崎の方を向いた。

お崎は藤色の頭巾をとり、それで顔を拭った。

火傷跡の痣が消えてしまう。

お民は呆然《ぼうぜん》として、その変身を見ていた。

「本物のお崎さんと文吉さんは、胴の間で眠っているわ。船に乗りこんだ時に、すり替わったの」

〈お崎〉の言葉に、あわてて、お民は胴の間へ下りた。

「龍次兄ちゃん……」

お崎に化けていた女は言った。

「おゆう……」

万感の思いをこめて、龍次は言った。

同時に駆けより、十一年前に運命によって引き裂かれた男と女は、しっかりと抱き合う。

その足元に、焼米の小俵が落ちた。

しかし、俵の隙間《すきま》から覗いているのは焼米ではなく、古びた男雛の土鈴であった……。


ぽっかり海面に浮かび上がったのは、老爺の変装を落とした箕輪勢厳であった。

遠去かってゆく渡船を眺めて、にやりと嗤う。

「ふふ……お邑《ゆう》め。ついに、敵の内懐《うちふところ》に入りおったわ。紀州忍法〈獅子《しし》喰《く》い虫《むし》〉の怖ろしさ、とくと知るがいい、卍屋龍次っ!!」

道中ノ三　三本松《さんぼんまつ》に哭《な》く

1

異様な部屋であった。

襖《ふすま》や屛風《びょうぶ》に、多色刷りの枕絵が幾重にも貼られている。

その枕絵も、通常の男女の交情ではなく、墓を掘りかえして新仏《にいぼとけ》の美しい娘を屍姦《しかん》している坊主、旅の母娘を襲う三人の駕籠《かご》かき、巨人・大太法師《ダイダボッチ》の聳《そそ》り立った男根に秘部を擦《こす》りつける十数人の裸女、互形《たがいがた》という双頭ディルドゥを使ってレズビアンに熱中している奥女中たち、四《よ》ん這《ば》いになった美姫《びき》を背後から犯している巨狼《きょろう》、庭の木に妊婦を逆さ吊りにして弓の折れで打ち据えている旗本、割腹《かっぷく》して己《おの》れの腸《はらわた》を摑《つか》み出している巴御前《ともえごぜん》、地獄で赤鬼の節榑《ふしくれだ》立った肉茎《にくけい》を咥《くわ》えている女亡者、教え子の美少年を鶏姦《ペデラスティ》している手習いの師匠、人妻を貫きながら首筋を噛み破る銀色の猩々《しょうじょう》……など異常なものばかりだ。

部屋の中央には、豪華な夜具が敷かれている。

四隅に行燈《あんどん》が置いてあるため、部屋の中は明るい。

その行燈の光に照らされながら、三十代半ばの男が、神をも恐れぬ行為に耽っていた。

夜具に横たわった全裸の少女の股間に顔を伏せて、ぴちゃぴちゃと猫のように舌を鳴らしている。

十歳くらいの、人形のように可愛い少女だ。

かすかに口を開けて、眠っている。泣いたり騒いだり出来ないように、眠り薬を飲まされているのだ。

その桃の実のような清らかな部分に、馬のように鼻息を荒げた男の分厚い舌が這いまわっている。

髷《まげ》の形と顔立ちからして、その中年男は身分の高い武士と思われた。

異常な興奮のため、大きな目が赤く濁っている。

美食と荒淫《こういん》のせいか、練絹《ねりぎぬ》の下帯をつけただけの裸体は、水っぽくぶよぶよしていた。

夜具の脇には膳があり、染付《そめつ》けの銚子と食べかけの白魚の卵とじの皿が並んでいる。

やがて、男は顔を上げると、もどかしげに下帯を外した。

剝《む》き出しになった男性の象徴は、ひどく小さい。太さも長さも、親指ほどしかなかった。

半勃起状態だ。しかも、皮をかぶったままである。

男は、それを指でつまむと、少女の無垢《むく》な亀裂に当てがった。

腰を進める。が、硬度が不足していて、小さな蕾《つぼみ》を貫けない。

「むう……」

男は苛立《いらだ》たしげに、己れのものを擦った。

しかし、焦《あせ》れば焦るほど、肉茎は萎《しな》びてゆき、ついに下腹の草叢《くさむら》に隠れそうなほど小さくなった。

「くそっ」

諦《あきら》めて、男は胡坐《あぐら》をかいた。

膳に乗った銚子を取ると、その注ぎ口から直接、温くなった燗酒《かんざけ》を飲む。

そして、大きく溜息《ためいき》をついて、役立たずの愚息に目を落とした。

「あの娘なれば……」

男は呟《つぶや》いた。

「あの娘が相手の時は、一晩に二度も三度も出来たものを……しかし、十三歳を過ぎては……あれほどの逸材は、もう、おるまいなあ……」

首を振って、酒の残りを飲み干す。

「――殿」

廊下から、障子越しに声がかかった。

男は、血相を変えて、

「何じゃ！　ここにいる時は、呼ぶまで誰も近づくなと言っておろうがっ！」

「申し訳もござりませぬ。緋桜組頭《ひざくらくみがしら》・箕輪《みのわ》勢厳《せいげん》より、知らせが参りましたものでございますから……」

「何っ、勢厳からの知らせとな！」

殿と呼ばれた男は、手早く羽二重《はぶたえ》の肌着を身につけると、勢い良く障子を開いた。

側用人《そばようにん》の工藤栄之進《えいのしん》が、廊下に平伏《へいふく》している。

「して、吉報か!?」

「は。こちらの女忍《くのいち》を、首尾よく敵の懐《ふところ》に飛びこませたそうにございます」

「むむ……左様か」

老中首座・松平越中守定信《えっちゅうのかみさだのぶ》は、餓狼《がろう》のように両眼を光らせて喚《わめ》いた。

「栄之進！　その龍次《りゅうじ》とか申す者から蓮華堂秘帳を奪い取らねば、わしの命運は尽きるぞっ！」

2

浜松宿を出て街道を東へ向かい、川幅五十五間《けん》余りの天竜川《てんりゅうがわ》を船で渡る。

それから二里ほど進むと、見附宿《みつけしゆく》につく。

見附は、東海道の二十八番目の宿駅である。

高台にあり、京から下って来た旅人が初めて富士山を見つけるので、この地名がついたのだという。

これには異説があり、古くは海がこのあたりまで入りこんで〈入海付之地《いりうみつきのち》〉だったことから、〈みつけ〉と名づけられたともいわれる。

人口約四千人、家数は千二十数軒。

旅籠《はたご》は四十軒ほどあるが、そのほとんどが飯盛女《めしもりおんな》に売春をさせる飯盛旅籠であった。

東海道の宿駅としては、中の上くらいの規模である。

寛政《かんせい》五年――西暦一七九三年、陰暦二月上旬のある朝のこと。

売色女を置かぬ数少ない旅籠の一つである〈讃岐屋《さぬきや》〉の二階の廊下を、足音を立てずに進む二人の男がいた。

町人だ。

一人は、厳《いか》つい顔をした壮年の男で、もう一人は、小柄な若者である。

いつもなら、泊り客の出立《しゅったつ》で戦《いく》さ場《ば》のような騒ぎになる時間なのだが、なぜか旅籠の中は、しんと静まりかえっていた。

やがて二人は、突き当たりの部屋の前まで来ると、

「…………」

室内の様子を窺ってから、壮年の男は、目で合図をした。

若者が頷いて、裸足のまま中庭に降りる。

懐《ふところ》から十手を取り出すと、男は障子越しに声をかけた。

「お早うございます。宿の者でございますが」

「――どうぞ」

甘い低音で返事があった。

次の瞬間、十手を持った男は、障子を引き開けると中へ飛びこんだ。

「御用だっ！　神妙にしろっ！」

ほぼ同時に、中庭に面した障子を、若者が引き開ける。

「ご、御用だぞっ」

その部屋の中にいたのは、一組の男女であった。

男の方は、二十代半ば。

月代《さかやき》を伸ばした長身痩軀細面《そうくほそおもて》の、美しい青年である。

そして、垂髪《たれがみ》の女の方は二十歳くらいだ。

市松模様の小袖《こそで》を着て、これも、息を呑むほどの美女であった。

「う……」

まるで生きた雛《ひな》人形のように美しい二人を見て、飛びこんで来た十手持ちは、少しの間、言葉を忘れてしまう。

「何の騒ぎですか」

青年が、落ち着いた口調で言った。

「私は、笑物《わらいもの》を扱っております江戸の商人で、龍次。これは、連れあいのおゆう、と申します」

笑物とは、性具や秘薬などの四目屋《よつめや》道具の上品な呼び方である。

「卍屋《まんじや》かい……」

十手持ちは、二人を交互に見て、

「俺《あら》ア、この宿場で十手を預かる五郎太《ごろうた》ってもんだ。あっちは、子分の喜多八《きたはち》だ」

遠江国《とおとうみのくに》五万石は天領——すなわち幕府の直轄地である。

天竜川に近い中泉《なかいずみ》に代官所が置かれ、この地方の行政と司法の一切を取り仕切っていた。

しかし、中泉代官所の役人の数は、わずか八人。

これでは、とても足りない。

だから代官所は、その地の顔役などに十手を与えて、宿場の治安維持と犯罪捜査に当たらせていた。

この五郎太という男も、代官所お抱えの岡《おか》っ引《ぴき》の一人なのである。

「で、親分さん、私たちに、どういう御用でございますか」

龍次の口調は穏やかであったが、いつでも部屋の隅に置いた道中差《どうちゅうざし》を取れる態勢にあった。

「そっちの女！　おゆう……とか言ったな」

五郎太は、十手を突きつけて、

「問屋場《とんやば》まで来てもらおうかいっ」

「なぜでございますか」

銀鈴を振るような凛《りん》とした声で、おゆうは問うた。

「殺しの容疑だっ」

岡っ引の五郎太は、吠えるように言った。

「大の男を二人も殺しやがって。しかも、ホトケの片腕を斬りとるのは、一体、どういう了見なんだ、え!?」

3

第一の死体が多見されたのは、十王堂《じゆうおうどう》の近くであった。

見附宿には神社が多く、東海随一の学問の神様として知られる矢奈比売《やなひめ》天神を始めとして神社が七社、寺院が十三もある。

宿場の東の入口の左手にあるのが、愛宕山《あたごやま》十王堂だ。

ここの石段の脇の林の中に、若い男が死んでいるのを、朝の掃除をしていた十王堂の小坊主が見つけたのである。

夜が明けて、すぐのことだ。

その男は、着物の袖《そで》ごと右腕を肩から切断されていた。そして、彼の片腕は、どこにもなかった。

第二の死体は、三本松で見つかった。

十王堂から東へ六百メートルほど行った街道の北側に、小さな空地がある。

ここが三本松刑場で、多くの罪人がここで処刑され、晒《さら》し首にされた場所だ。

その名の通り、松の古木が三本ならんでいるのだが、その中央の松の根元に、男の死体が転がっていたのである。

枯木のように瘦《や》せた老人で、左腕を肩から切断されていた。その片腕も、周囲には見当たらなかった。

この死体を発見したのは、刑場の近くに小さな庵《いおり》を結んでいる。正慶尼《しょうけいに》という若い尼僧だ。

正慶尼は、刑死した罪人たちの菩提を弔《とむら》うために、朝夕に三本松刑場へ来て経をあげるのを日課にしている。

それで今朝、刑場へ来て、老人の異常な死体を見つけたのだった。

血の固まり具合と死骸の硬直度から、二件の犯行は昨日の深夜と推定される。

両者とも、宿場の住人ではなかった。

若い男の方は、飯盛旅籠の客で、若狭の大工の清吉《せいきち》。

老人は、普通旅籠〈巳音屋《みねや》〉の泊り客で、弁蔵《べんぞう》という。

江戸は深川の者で、伊勢参りに行く途中だったそうだ。

二人とも一人旅で、清吉と弁蔵の間に接点はない。

物盗りの仕業《しわざ》とは思えない。

殺人の動機も片腕を斬りとった理由も、不明であった。

岡っ引の五郎太が考えあぐねていると、有力な目撃者が現れた。

「昨日の夜遅くに……子《ね》の上刻《じょうこく》くらいだったかなあ。あの清吉という人が、若い女と歩いてるのを見たよ」

宿場の雑役をして暮らしている銀次《ぎんじ》という若者が、こう証言したのである。

「男の方は、酔っ払ってたみたいだった。その女の顔は見えなかったけど、垂髪で、洒落《しゃれ》た市松模様の小袖を着ていたな。この宿場では、市松模様なんか着てる女は珍しいから、どこの旅籠の客だろうと思った……」

子の上刻――午前零時である。

さらに、宿場の入口で小さな居酒屋をやっている吾平《ごへい》という男も、

「痩せこけた爺《じい》さんが、市松模様の小袖を着た女に腕をとられて、三本松の方へ歩いていきましたよ。ええ、子の上刻すぎです。女は垂髪でした。見たことのない女でしたねえ」

早速、五郎太は、旅籠の泊り客で市松模様の小袖を着た女がいないかどうか、喜多八に調べさせた。

女の泊まれる旅籠が少ない上に、女性客そのものが数人しかいないので、すぐに結果が出た。

讃岐屋に泊まった夫婦者の女の方が、市松模様の着物を着ているし、古風な垂髪にしている――と。

しかも、讃岐屋の女中の一人が、おゆうが子の上刻頃に密かに旅籠を抜け出すのを、目撃していた。

で、五郎太は、讃岐屋の主人に全宿泊客の足止めを命じ、突き当たりの部屋に乗りこんで、おゆうを捕縛《ほばく》したのである……。

「親分、これは何かの間違いです。その二人を手に掛けたのは、おゆうじゃあり

ませんよ」

　問屋場の裏手にある番屋で、龍次は、五郎太に訴えた。

　奥の板の間には、おゆうが後ろ手に縛《しば》られて、留置されているのだ。

「亭主のお前さんが、そう言う気持はわかるがな……」

　五郎太は番茶を飲みながら、言った。

「何でも屋の銀次、居酒屋の吾平、讃岐屋の女中のお妙《たえ》――この三人が、お前さんの女房を見ているんだ。それに、亭主に内緒で宿を抜け出した理由を、あの女は説明出来ないで、黙《だん》まりをきめこんでるじゃねえか」

「…………」

　龍次は目を伏せた。

「お前さんは大した色男だが、どうも、あっちの方は弱そうだ」

　壮年の岡っ引は、下品な笑いを浮かべて、

「大方、軀《からだ》が火照《ほて》って眠れなくなった女が、夜中に男を漁《あさ》りに出かけて、一合戦すんだ後に値段のことで揉めた。その揚げ句に、男を殺しちまったんだろうよ。そういう淫婦《いんぷ》を女房に貰ったのが不運だと思って、まあ、諦《あきら》めるんだな」

「…………」

「お代官所に、事件のことは知らせてある。夕方には、お役人が下手人を引き取りに来るそうだ。気の毒だが、お前さんも一緒に代官所へ行って、お取り調べを受けるんだぜ」

「親分」と龍次は、五郎太を見据えて、

「男欲しさに外へ出た女が、よぼよぼの爺さんに声をかけますかね」

「む……」

五郎太は、返答に詰まった。

「そりゃあ、お前……他に適当な相手がいなかったんだろうよ。何しろ、真夜中だからなあ」

「それに、片腕の謎を、どう解きます。どうして、殺した男たちの右腕と左腕を、斬り取らなきゃいけなかったんでしょう。しかも、その二本の腕は見つかっていない」

「ううむ……」

「それに、もう一つ。下手人は市松模様の小袖を着た女ということですが、おゆうの着物には、血の一滴だってついちゃいません」

「………」

岡っ引は、不機嫌そうに黙りこんだ。

「親分。私に、ホトケを見せちゃくれませんかね」

「何だとっ」

五郎太は、毛虫のように太い眉《まゆ》をひくつかせて、

「お前さん、卍屋の分際で、検屍《けんし》の真似事をやらかそうってのか！」

「――五郎太親分」

龍次は、押しかぶせるように言った。

「万一、お代官所に無実の人間を引き渡したりしたら……後で責めを負わされるのは、親分じゃないんですか」

「…………」

少しの間、そっぽを向いて考えこんでいた五郎太は、のっそりと立ち上がった。

「ついて来な」

二人の死骸は、隣の部屋の土間に置かれていた。

龍次は、まず清吉の方の筵《むしろ》を剝《は》いだ。

予想に反して、苦悶のあとなどない、きれいな死に顔である。

右肩の傷口を調べながら龍次は、

「何で斬り落としたんでしょう」

「刀じゃねえ。もっと肉の厚い刃物だ。俺は鉈《なた》じゃねえかと思うな」

「なるほど」

清吉の全身を調べながら、龍次は、老人の方へ移った。

弁蔵は、猿の干物《ひもの》のように皺《しわ》くちゃの顔をしていたが、やはり苦しんだ様子はない。

肌が不自然なほど白かった。

龍次は、彼の掌《てのひら》や足の裏を見て、

「弁蔵さんの仕事は、何だったのですか」

「待っていた道中手形によれば、元は木場の人足だったそうだ。えらく老けて見えるが、年齢《とし》は六十四だぜ」

「六十四……」

龍次は眉をひそめた。

「八十近くに見えますね。それに、この手足の荒れようは、木場人足なんてものじゃなくて、もっと重労働をしてた人のものですよ」

「そういうものかな」

次第に、五郎太は熱心な表情になって来た。

「親分。二人は、どうやって殺されたんでしょう」

「何を言ってるんだ」

馬鹿なことを訊《き》くな、という顔で五郎太は答えた。

「片腕を斬り落とされ、血が流れ出すぎて死んだのよ。見りゃあ、わかるだろうが」

「違います」

龍次は断言した。

「生きている間に斬られたのだったら、傷口の肉が収縮して、骨がはみ出しているはずです。これは、死んでから斬られたんですよ」

「し、死んでから……!?」

五郎太は、目を白黒させた。

「それに、死に顔はひどいものになるし、着物だって、もっと血で汚れるはずです」

「ううう……」五郎太は、唸《うな》った。

「じゃあ、お前さんは、どうやって二人が殺されたと思うのだ」

「それがわからないのです」

ゆっくりと、龍次は首を振った。

「体中、どこにも、これといった傷がない。かと言って、毒薬を使ったのなら、肌の色が変わるはずだし……」

二人の死骸に筵をかけて、龍次は立ち上がった。

「傷もないし、毒を盛ったのでもねえだと？　それじゃあ何かい、呪《のろ》い殺されたとでも言うのか！」

「呪い……」

龍次は、何事か考える表情になった。

「そう言えば……三本松刑場というのは、あの日本左衛門《にほんざえもん》の首が晒された場所でしたね」

4

日本左衛門――またの名を浜島庄兵衛《はまじましょうべえ》という。

雲霧仁左衛門《くもきりにざえもん》と並ぶ、知らぬ者のない大盗賊だ。

幼名は友五郎《ともごろう》。

尾張徳川家の〈七里役《しちりやく》〉浜島富右衛門《とみえもん》の息子である。

江戸屋敷と藩地を結ぶために、七里ごとに中継所を置いた大名家独自の通信網が七里役所であり、ここで働く人足を七里役、または〈お七里〉と呼んだ。

尾張徳川家の場合、東海道の神奈川、小和田《こわだ》、小田原、箱根、沼津《ぬまづ》、由井《ゆい》、丸子《まるこ》、金谷《かなや》、見附《みつけ》、新井《あらい》、大浜《おおはま》、御油《ごゆ》、宮の十三ケ所に七里役所があった。役所には各々《おのおの》、二人から三人の人足が待機していて、御状箱を次の七里役所まで運ぶのである。

七里役は身分こそ低いが、藩公自筆の御状を運ぶのだから、その威勢には大変なものがある。

当然、それを嵩《かさ》にきて、無法を動く者も多かった。

御状箱を担いで走っている途中に、わざと人に突き当たって、「お七里御用を邪魔立ていたす気か！　我らは、道中で三人までは斬り捨て御免なのだぞっ！」などと脅し、酒手《さかて》を巻き上げるのだ。

町人は勿論《もちろん》として、相手が僧侶であろうが武士であろうが突っかかって喧嘩を売るのだから、始末が悪い。

あまりにも不祥事が多いので、尾張藩では遠くからでも一目で七里役とわかるようにと、鼠木綿《ねずみもめん》の地に龍虎梅竹《りゅうこばいちく》を加賀染《かがぞめ》にした半纏《はんてん》を人足に着せた。

ところが彼らは、自費で金系銀系の縫取《ぬいと》りなどを施して派手に仕立て直し、それを着て今まで以上に無法を働くようになったのである。

浜島富右衛門は、金谷の尾張藩七里役所に勤める古株の人足であり、土地の顔役でもあった。

その子・友五郎は、幼い時から文武両道に優れ、父親ゆずりなのか、体力腕力も抜群であった。

しかも、男っ振りが良くて度胸もある。

自然と友五郎は、地元の遊び人たちの頭《かしら》のようなことになり、女、酒、喧嘩、博奕《ばくち》に明け暮れる放埒《ほうらつ》な生活を送るようになった。

困った富右衛門は、息子を勘当。

人別帳から外されて無宿者となった浜島友五郎は、本格的な犯罪者となる。

当時、天竜川の西にある遠州豊田郡貴平村《えんしゅうとよだごおりきへいむら》には、旗本領と天領の境目に位置して法の真空地帯になっていることに目をつけ、多くの犯罪者や浪人者が流れこんでいた。

無宿人・友五郎は、仲間とともに貴平村に住みつき、浜島庄兵衛と名乗った。

そして、次第に配下を増やし、ついに強盗団を結成したのである。

庄兵衛は、「大町人や大百姓に天下の富が集まっているのは、不義非道である。それを奪って、生活に困っている人々に与え、残りを我々が蕩尽《とうじん》したところで、何が悪いというのか」という手前勝手な理屈を信条として、富農や豪商のみを狙った。

つまり、自分たちは〈義賊〉だ――と図々《ずうずう》しくも主張したのである。

庄兵衛一味は、大胆にも昼と夜の区別なく、近在を荒らしまわった。

さらに、見附の紀州藩七里役所に勤める中村順助《じゅんすけ》と手を組み、この役所を根城とする総勢二百余名の大強盗団が生まれた。

そして、美濃《みの》、尾張、三河《みかわ》、遠江、甲斐《かい》など八ケ国で略奪を重ねたのである。

世間は、庄兵衛を浄瑠璃『風俗太平記《ふうぞくたいへいき》』の登場人物の名をとって、〈日本左衛門〉と呼んだ。

代官所や大名たちの警察力は弱体で、一味の正体も住処《すみか》も判明しているというのに、何の手出しもできない。

浜島庄兵衛は人殺しだけはせず、手下にもさせなかったが、押し入った先で必ず女を犯す好色漢でもあった。

延享《えんきょう》二年三月、庄兵衛一味は、掛川《かけがわ》領内の大池村《おおいけむら》の大百姓・宗右衛門方《そうえもんかた》を襲った。

宗右衛門の息子・甚七《じんしち》の結婚式の夜であった。

橘諸兄《たちばなのもろえ》の子孫を自称する洒落者《しゃれもの》の浜島庄兵衛、この夜の出《い》で立《た》ちは、黒革の兜頭巾《かぶとずきん》に薄金の面頬《めんぼお》、黒羅紗金筋入《くろらしゃきんすじいり》の半纏羽織《はんてんばおり》、黒縮緬《ちりめん》の小袖、黒繻子《じゅす》の籠手《こて》と頸当《すねあて》、佩刀《はいとう》は銀造りの太刀という大名のような華やかさだ。

奪われた金は千両だが、この時、花嫁を含む全ての女が、一味の者に凌辱《りょうじょく》されたのである。

怒り狂った宗右衛門は、有志とともに庄兵衛一味の悪事を詳しく調べ上げた。

そして翌年、江戸へ向かい、北町奉行の能勢肥後守頼一《のせひごのかみよりかず》に訴え出たのである。

訴状は老中に廻され、火付盗賊改《ひつけとうぞくあらため》・徳山五兵衛《とくやまごへえ》へ庄兵衛召し捕りの御下知があった。

延享三年九月十九日夜、火盗改の一隊は、庄兵衛たちが博奕をしている家を奇襲。

大騒動の末、主だった幹部十数名は捕縛できたが、肝心の庄兵衛は壁を蹴破って逃走してしまった。

ついに幕府は、特例として、人相書《にんそうがき》をもって浜島庄兵衛を全国に指名手配した。
人相書には、次のように書かれている。

無宿浪人十右衛門《じゆうえもん》事
浜島　庄兵衛

一、丈《たけ》五尺八寸ほど、
一、歳《とし》二十九歳、見かけ三十二歳くらい、
一、月額濃く引疵《ひききず》一寸五分程有、
一、色白く歯並常の通り、
一、目の中細く、
一、鼻すじ通り、
一、顔おも長なる方、
一、えり右の方へかたぎ罷在候《まかりありそうろう》、
一、中びん中少そり……

十右衛門というのは、盗賊仲間での庄兵衛の呼び名である。

この人相書を見て逃げ切れないと悟った浜島庄兵衛は、翌年一月七日、京都町奉行所に出頭し、自若《じじゃく》として縛《ばく》についた。

町奉行永井《ながい》丹波守《たんばのかみ》の直《じか》の吟味《ぎんみ》を受けた庄兵衛は「『天網恢々《てんもうかいかい》、疎《そ》にして漏《も》らさず』の金言を真実に致したいと思い立ち、出頭致しました」と答えたという。

江戸へ護送された庄兵衛は、延享四年——西暦一七四七年の一月二十八日、市中引き廻しの上、伝馬町《でんばちょう》牢屋敷内にて、斬首。

百十五年後の文久《ぶんきゅう》二年、河竹黙阿弥《かわたけもくあみ》は、『青砥稿花紅彩画《あおとぞうしはなのにしき》』——通称『白浪五人男《しらなみごにんおとこ》』——を書いたが、これは庄兵衛一味をモデルにしたもので、〈日本駄右衛門〉という怪盗が登場する。

松浦静山《まつらせいざん》の『甲子夜話《かっしやわ》』には「太平に生まれ逢えばこそ賊魁《ぞくかい》にて終りけん、乱世に遭わば、大国をも領すべき盗質《とうしつ》なりき」とある。

塩漬けにされた浜島庄兵衛の首は、江戸から遠州に送られ、晒《さら》し首となった。

今から四十六年前のことだ。

その場所が、見附宿近くの三本松刑場なのである——。

5

龍次が番屋を出たのは、巳《み》の中刻《ちゅうこく》――午前十一時ごろであった。

空は薄曇りだが、風もない、暖かい。

荷物も道中差《どうちゅうざし》も取り上げられているので、無腰の着流し姿である。

龍次は、宿場の入口の方へ足を進めた。

野良犬なのか飼犬なのか、大きな白犬が鼻を鳴らして彼の足元にまとわりつく。

――数日前、龍次は、長い間捜し続けて来た宿命の女〈おゆう〉との再会を果たした。

この世の地獄である蓮華堂で初めて出逢ってから、実に十一年ぶりの再会である。

五十年にも百年にも匹敵する、この十一年間であった。

歳月は、十三歳の少年と十歳の少女を、二十四歳の卍屋と二十一歳の女忍《くのいち》に変えていた。

しかし、龍次もおゆうも、二人の想い出の品である夫婦雛《めおとびな》の土鈴《どれい》を肌身離さず持っていた。

互いに、その土鈴を見ただけで、一言も話さずとも、相手が自分を想い続けてくれたことを知ったのである。

本物のおゆうの背中には、絶頂に達した時にだけ鳳凰《ほうおう》の画が浮かび出る姫様彫《ひめさまぼ》りが施《ほどこ》されている。

しかし、龍次は、まだそれを確認してはいない。

おゆうが、急に月の障《さわ》りが始まったというので、一度も同衾《どうきん》していないのだ。

それを急ぐつもりは、今の龍次にはなかった。

おゆうが、どういう成り行きで公儀庭番緋桜組の女忍になったのか、その事情も訊《き》いてはいない。

今、重要なのは、一日も早く江戸に到着して、松平定信の署名がある蓮華堂秘帳を、老中・大河内《おおこうち》備前守《びぜんのかみ》宗昭《むねあき》の屋敷に届けることであった。

定信が、子供同士のSEXショーを売り物にする秘密倶楽部の一員だった証拠が、龍次が懐にしている蓮華堂秘帳である。

恋愛を描いた人情本は風紀を乱すといって出版禁止にし、版木までも没収焼却した権力者の定信が、実は、薄汚い幼児愛好者だったのである。

表現の自由を弾圧してヒステリックに〈健全で清潔な生活〉を説き、性欲の存在を否定して「男女の性交は、両性の深い愛情に基づいて、子造りのためにのみ行う」などと言う者が、裏にまわると歪《ゆが》んだ性生活を送っていたりするのは、いつの時代も同じだ。

龍次は、自分の、おゆうの、そして多くの仲間の人生を狂わせた蓮華堂の関係者は一人も許せないが、特に松平定信のような卑劣漢は、八つ裂きにしても飽き足らない。

大河内備前守が秘帳を握れば、必ずや定信を老中首座の地位から蹴落とすであろう。

そして定信は、武士として自害するより他に道はあるまい。

龍次は、出来ることなら、その骸《むくろ》に唾を吐きかけ踏みにじってやりたかった。

とにかく、松平定信の失脚を確認したら、おゆうと二人で上方《かみがた》へでも行き、今まで蓄えた金で小間物屋《こまものや》を開くつもりだ。

子供相手の駄菓子屋でもいい。

そして、いつか、おゆうが自分から話す気になったら、十一年間の思い出話をゆっくりと聞こう——そう考えていた。

だが、おゆうが連続殺人事件の下手人にされるという、思いもかけない事態が起こったのである。

中泉《なかいずみ》代官所の役人が、おゆうの身柄を引き取りに来るのが、今日の夕方。

それまでに、龍次は、真犯人を見つけ出して、おゆうの無実を証明しなければならないのだ……。

龍次は、第一の被害者である清吉の死体が見つかった現場へ向かった。

十王堂の石段の脇の、林の中だ。

何が気に入ったのか、白犬も一緒について来る。

「俺が、同じ野良犬のにおいでもするのか……」

龍次は、苦笑して呟《つぶや》いた。

雑木林の中は、冷え冷えとしていた。

清吉が倒れていた場所は、周囲に縄が張り巡らしてあるので、容易にわかった。

代官所の役人が「一応、現場を調べる……」と言った時のために、五郎太が保存しておいたのだろう。

まだ、地面に血糊《ちのり》が残っていた。

白犬が、しきりに、そのにおいを嗅ぐ。

出血の量と飛び散り方からして、やはり、清吉の右腕は死後切断であることは間違いないようだ。

問題は、下手人が何のために被害者の片腕を斬りとったのか、である。

「…………」

龍次が腕を組んで考えこんでいると、急に白犬が走り出した。

「おい、どうした」

思わず、龍次は声をかけた。

白犬は林の奥へ駆けこんでゆく。

そして、まるで龍次を呼ぶかのように、甲高《かんだか》い声で吠えた。

龍次は、すぐに吠え声のする方へ向かった。

灌木《かんぼく》の蔭に一抱えほどもある石があり、白犬は、その石の下へ鼻先を突っこんで唸《うな》っている。

石の周囲の地面には、黒っぽい染みがあった。

龍次は、苦労してその石を持ち上げ、脇へ置く。

「っ!?」

石のあった場所に自然に出来たらしい窪みがあり、そこに人間の片腕が転がっていた。

右腕であった。

「これは……」

龍次は片膝をついて、その腕を調べる。疑いもなく、切断された清吉の右腕だ。

白犬が得意げに、龍次に鼻を擦《こす》りつける。

「おう、良し良し。お手柄だぞ」

龍次は、白犬の頭を撫でてやった。

清吉の右腕には、目立った異常はない。切断した理由は、依然として謎のままである。

と、その時、

「むっ！」

風を切る音がして、石礫《いしつぶて》が飛来した。

反射的に、龍次は上体を捻《ひね》る。

彼の頭部を目がけて飛んで来た拳大《こぶしだい》の石は、左肩に当たった。

龍次は、灌木の向こうへ飛びこんだ。

腹這《はらば》いのまま素早く前進し、しばらく様子を窺って、別の灌木の蔭から顔を出す。
襲撃者の姿は見えなかった。
龍次は、懐《ふところ》に右手を入れる。
(敵の狙いは、この蓮華堂秘帳か、それとも……清吉の右腕か)
ふと、龍次は、白犬の姿が見えないのに気づいた。
ほぼ同時に、石段の方から犬の悲鳴が聞こえた。
「っ！」
龍次は、灌木の蔭から飛び出した。
左腕で顔面を守り、細い枝を軀《からだ》で圧《へ》し折《お》りながら、一直線に石段へ走る。
彼が想像していた通りのものが、石段の下にあった。
真っ赤に染まる白犬が、地面に横たわっている。
もう、息はない。
鉈《なた》か何かで、滅多打ちにされていた。
ただ龍次について来たばかりに、何の罪もないこの白犬は殺されたのである。
「惨《むご》いことを……」
そう呟いた龍次は、白犬が紺色の布切れを咥《くわ》えているのに気づいた。

手にとって見ると、着物の裾《すそ》らしい。

龍次に石礫を投げつけ。白犬を叩き殺した犯人のものであろう。

そして、おそらくは、清吉の死体から右腕を斬りとった奴のものだ。

「——おい」

龍次は、白犬の亡骸《なきがら》に向かって言った。

「お前の仇敵《かたき》も、とってやるからな」

6

「むふぅ……………」

女は、くぐもった呻《うめ》きを上げた。

真ん中に囲炉裏《いろり》を切った六畳間で、その囲炉裏の脇で、全裸の男女が絡みあっている。

互いの顔が、相手の股間に接していた。

女は若い。

小柄で、ほっそりとしている。乳房も、小ぶりだ。

上品な顔立ちをしていた。

女の小さな口いっぱいに、唾液で濡れた長大な男根が出没している。

その戦歴を誇るかのように、黒々と淫水《いんすい》焼けした逸物であった。

しかも、その根元から玉冠《ぎょくかん》の下のくびれまで、まるで大きな百足《むかで》が取りついたかのような引《ひ》き攣《つ》れがある。

古い傷跡なのだろう。鉛色《なまりいろ》で、肉が醜《みに》く盛り上がっていた。

女は黒い巨根を咥《くわ》え、頭を前後に振っていたが、

「……はあ」

口を外して、大きく息をついた。

それから、右手で太い肉茎《にくけい》を擦《こす》りつつ、左手で布倶里《ふぐり》を揉むようにする。

さらに、男の太腿《ふともも》の間に頭を入れると、背後の門にまで舌を使った。

まだ二十歳前と見えるのに、年増《としま》の遊女顔負けの淫技だ。

男の方も、仔猫が水を飲むような音を立てて、女の秘部を舐めしゃぶる。

秘毛が全くない秘部であった。

ただし、谷間から突出している花弁は、肉厚で色も濃い。

男の愛技に耐え切れなくなったのか、女は、楚々《そそ》とした風情に似合わぬ卑猥《ひわい》な

言葉で、挿入をせがむ。
男は軀《からだ》の位置を変えた。
女の下肢《かし》を広げて持ち上げ、自分の肩に担ぐようにする。
そして、しとどに濡れた亀裂に、己《おの》れの凶器をあてがうと、ずずずっと貫いた。
「ひいい……っ！」
女は、背を弓のように反らせる。
屈曲位で、男は、じっくりと若い女体《にょたい》を責める。
彼は三十歳くらいだろう。
背は高くないが、まるで布袋様のように太った男で、顔もまん丸だ。
猪首《いくび》で、肩幅が驚くほど広い。
肥満体ではあるが、骨太で筋肉もみっしりとついている。
もう少し上背《うわぜい》があれば、相撲取りと間違えるところだ。
福相だが、針のように細い目には、冷酷な光がある。
良く日に焼けているところを見ると、旅廻りの行商人かも知れない。
女は乱れた。
特に、剛根の茎部の百足のような引き攣れが、女の敏感な部分に強い刺激を与えるのらしい。

「殺して……もっと……ああ、突き殺してえっ！」

男の猪首を掻き抱いて、女は、あられもないことを口走った。

「人間、死んじまっちゃおしまいだ」

にやりと男は嗤《わら》って、

「生きたまま、おめえを極楽へ連れて行ってやるぜ」

大腰を使い、怒濤のように責め立てる。

結合部から愛液が飛び散った。

最後の一突きとともに、白濁した熱い溶岩流が、女の奥の院を直撃した。

勢い余って逆流したそれが、結合部から溢れ出る。

男は、まだ硬度を保ったままのものを引き抜いた。

夢現《ゆめうつつ》になっている女の唇に、花蜜と聖液で濡れた剛茎を押しつける。

女は、無意識のうちに舌を伸ばして、男根を舐めまわした。

「一万両か……」

しゃぶらせながら、男は呟《つぶや》いた。

「悪くねえな。あとは、ほとぼりが冷めるのを待って、掘り出すだけだ」

7

見附宿は、表通りが〈く〉の字型に折れ曲がっているが、その曲がり角の内側に見性寺《けんしょうじ》という寺がある。

番屋へ行って、清吉の右腕のことを五郎太に知らせようとした龍次は、急に考えを変えて、見性寺に向かった。

見性寺に入り、裏の墓地へまわる。

そこに、日本左衛門の首を埋めた墓があるのだ。

何か、連続殺人と日本左衛門が関わりがあるような予感が閃《ひらめ》いて、龍次は、ここへ来たのである。

表向きには、刑死人は墓を作ることは許されない。

したがって、日本左衛門の墓石というのは、高さ一尺ほどの無銘の自然石であった。

「！」

龍次の眼が光った。

見ると、墓に花が供《そな》えてある。

まだ萎《しお》れていないから、ここ一、二日の間に供えられたものであろう。

龍次は、足早に表門の方へ戻った。

門の内側には、老婆《ろうば》が店番をしている花屋がある。

「ちょいとお尋ねしますが……」

丁寧な口調で、昨日、花を買った客のことを老婆に訊《き》く。

「はあ」

何かの置物のように小柄な老婆は、左右に頭を傾《かし》げながら、その質問に答えてくれた。

清吉の人相に該当する客は、いなかった。

「そういえば……」

もったりとした口調で、老婆は言った。

「夕方の、そろそろ店を閉めようかと思っていた頃に、えらく年とったお爺《じい》さんが来られましてなあ」

「お爺さん……！」

「はい。花と線香を買われて、墓地の方へな。それが、いつまでも出て来ないので、心配になって様子を見に行きましたよ。そしたら、あなた、日本左衛門のお墓の前に踞《うずくま》ってな。声を殺して泣いとられましたよ」

龍次は、背筋がぞくぞくするのを感じた。

「で、そのお爺さんの人相は――」

老婆は、話した。

その特徴は、第二の被害者・弁蔵に完全に一致したのである。

8

龍次の話を聞いて、驚いた五郎太と喜多八は、番屋を飛び出して行った。

が、龍次は、清吉の右腕と謎の襲撃者のことは話して、証拠の布切れも渡したが、日本左衛門の墓参りをした老人の件は伏せておいた。

まだ、確認しなければならないことがあるからだ。

それに、おゆうが密かに旅籠《はたご》を抜け出した理由も、まだわからない。

「親爺《おやじ》さん。また、見せてもらいますよ」

龍次は番人に断って、もう一度、清吉と弁蔵の死骸を調べた。

特に、二人の股間を良く調べる。
それから弁蔵の遺品を、一つ一つ調べた。
これと言って変わったものはない。
強《し》いて言えば、草鞋《わらじ》の鼻緒に赤い布切れが巻きつけてあるくらいだ。
龍次は桶の水で手を洗い、礼を言って番屋を出る。
宿場の入口の方へ、歩く。
とっくに正午《ひる》を過ぎているが、空腹感はない。
（少なくとも、二人が片腕を切断された理由だけは、これでわかった……）
龍次は胸の中で呟《つぶや》いた。
この二件の連続殺人は、刑死した大泥棒の呪《のろ》いなどではない。
生きて歩いている人間様の仕業《しわざ》であった。
（殺しの方法と動機も、朧《おぼろ》げに想像はつくが……あとは本当の下手人だ）
何の証拠もない。
だから、これから捜しに行くのだ。動かぬ証拠と、真犯人を。
「おいっ」
十王院の前を通ると、林の中から五郎太が声をかけて来た。

弁蔵の左腕もここにないかと、喜多八と捜しているのだった。

「どこへ、行こうってんだ！」

「三本松の刑場を見に行きます」

「そうか……」

五郎太は少しの間、迷っていたが、龍次を信用してもいいと判断したのだろう。

「あんまり、宿場から離れるんじゃねえぞっ！」

精一杯の威厳を見せて、言う。

「はい、わかりました」

龍次は、素直に頭を下げた。

しばらく歩くと、街道の左手に、さして広くない空き地が見えて来た。

その入口の脇には、古びた地蔵が鎮座している。

龍次は刑場へ入り、奥の三本松のところへ行く。

ここにも縄が張り巡らされ、血の跡が残っていた。

血の量は、清吉のものより少ない。

多くの刑死者の怨念が染みついているような、荒涼とした風景の不気味な場所だ。

いくら、おゆうのような美女に誘われたからといって、老人が真夜中に入りこむような場所ではない。

誘った女が弁蔵の顔見知りか、それに準ずる関係ならば、話は別だが……。

どこかで、雲雀《ひばり》の声がした。

ふと、人の気配に、龍次は振り向いた。

墨衣《すみごろも》の小柄な尼僧が、空き地の端に佇《たたず》んでいる。

龍次と目が合うと、優雅に会釈《えしやく》をした。

半年ほど前から見附に住みついて庵《いおり》を結んだという、正慶尼であろう。

龍次は彼女に近づいて、挨拶した。

「今朝、お年寄りの死骸を見つけたのは、貴方《あなた》様でございますね」

美しい尼僧であった。

二十歳前だろう。弥勒菩薩《みろくぼさつぞう》像を思わせるような顔立ちで、口元がやさしい。

「はい。片腕のない哀れな仏様で」

香木《こうぼく》の数珠《じゆず》をまさぐりながら、正慶尼は答えた。

その香りから、白檀《びやくだん》の数珠とわかる。

「如何《いかが》でしょう。よろしければ、私の庵においで下さいまし。茶など進ぜましょうほどに」

龍次は頷いた。

9

「龍次殿……」

茶を飲み終わるのを待ち兼ねていたように、正慶尼は、龍次にしなだれかかって来た。

庵の中の六畳間であった。

部屋の真ん中に、囲炉裏《いろり》が切ってある。

「正慶尼様、ご冗談はおやめ下さい」

困惑した風を装って、龍次は腰を引いた。

「私に恥をかかせないで下さい。御仏《みほとけ》に仕《つか》える尼僧とて、石でも木でもございません、生身《なまみ》の女です」

男の襟元《えりもと》に手を入れ、広い胸を撫でまわしながら、正慶尼は言った。

「貴方のような美しい殿方を見たら……ほら……このように……」

尼僧は、龍次の右手を己《おの》れの膝と膝の間に誘った。

太腿《ふともも》の奥の秘処《ひめどころ》が、下裳《したも》を濡らすほど熱く潤い溢れているのを、男の指先が知る。

しかも、いかにも正慶尼らしく無毛であった。

「正慶尼様……」

「仰向《あおむ》けになって」

龍次が仰臥《ぎょうが》すると、尼僧は、馴れた手つきで彼の着物の裾《すそ》を割り、下帯の中から男の象徴を摑《つか》み出した。

「まあ、巨《おお》きい……」

正慶尼は、思わず溜息《ためいき》を洩らした。

龍次のそれは、平常時でも、並の男性の勃起時の男根よりも大きいのだ。

しかも、百戦錬磨の強兵《つわもの》であるのに、色素の沈着はなく、少年のように清潔な薄桃色なのである。

両手で肉茎《にくけい》を摑むと、尼僧は、玉冠部《ぎょくかんぶ》に唇を押しあてた。

ゆっくりと擦《こす》りながら、裏側や茎部にもくちづける。

さらに、重く垂れ下がった布倶里にも、舌を這《は》わせた。

それから、小さな口をいっぱいに開いて、玉冠部を呑む。
口腔《こうくう》の中で舌をまわし、先端の射出孔や玉冠の周辺部を刺激する。
彼女の巧みな口淫によって、龍次のものは本性を剝《む》き出しにした。
硬化膨張して、正慶尼の小さな口には納まらなくなる。
尼僧は口を外した。
「す、凄い……！」
子供の足ほどもある巨大な凶器の誕生に、正慶尼は驚きの声を上げた。
長さも太さも、平均的な男根の倍以上あるのだ。
しかも、その茎部には、奇怪な二匹の妖龍《ようりゅう》が巻きついている。
勃起した時にだけ現れる、姫様彫りによる双龍だ。
十数年前に蓮華堂で彫られた、決して消えることのない忌《いま》わしい烙印《らくいん》である。
「う……」
双龍根に頰擦《ほおず》りしながら、正慶尼は、しばらくの間、何事か逡巡《しゅんじゅん》していた。
龍次は、すぐに行動が起こせる臨戦状態のまま、そんな正慶尼の横顔を眺めている。
打算が欲情に破れた。

正慶尼は、もがくように墨衣や下裳を脱ぎ捨てると、素裸になって龍次に跨《また》がった。

乳房は小ぶりだ。

頭の白い被物《かぶりもの》だけはとらないのが、かえって扇情的である。

朱色の秘孔から溢れた透明な蜜液は、太腿《ふともも》までも濡らしていた。

尼僧は、薔薇色《ばらいろ》の剛根に手を添えると、位置を決めて、一気に己が体内に呑みこんだ。

「う、あああぁ……っ！」

あまりに巨大な容積に、女は仰《の》け反《ぞ》る。

龍次は軀《からだ》を起こした。

「っ!?」

結合したまま、小柄な尼僧を軽々と裏返しにして、畳の上に這わせる。

獣《けもの》の姿勢だ。

そして、少年のような引き締まった彼女の臀《しり》を両手でつかむすると、ゆっくりと抽送《ちゅうそう》する。

正慶尼は悲鳴を上げた。甘い悲鳴だ。

龍次は、次第に抜き差しを速めながら、様々な変化業《わざ》を駆使して、尼僧の臀を責めた。

「凄い……凄すぎるぅ………っ！」

女は哭《な》き狂う。

涙まで流していた。

力強く責めながら、龍次は、手を伸ばして正慶尼の被物を剝《は》ぎ取った。

青々とした剃髪の頭が、剝き出しになる。

その青頭に右手をかけて、龍次の責めは終局に入った。

突いて突いて、突いて、突きまくる。

「あぁ……あ、あああっ〜〜〜!!」

途方もない高みに押し上げられて、正慶尼は失神した。

龍次は射出しなかった。

痙攣する女の体内から、濡れそぼった凶器を引き抜くと、後始末をする。

正慶尼の秘処も拭ってやった。

龍次が身繕《みづくろい》を終えた頃、ようやく尼僧は意識を取り戻した。

「………」

　ぼんやりとした表情のまま、右手で被物を探る。

「――捜し物は、これかい」

　龍次は、いつの間にか、銀色に光る針を手にしていた。

「あっ！」

　全裸の正慶尼は、跳ね起きた。

「この針を、お前さんにしゃぶられて夢心地になっている男の蟻《あり》の門渡《とわた》りに、突き刺すってわけだな」

　蟻の門渡り――性器と後門の中間の会陰部を、こう呼ぶ。

　龍次は、弁蔵たちの死骸を丹念に調べて、二人の会陰部《えいんぶ》にごく小さな傷があるのを見つけたのである。

「そこは、〈尾骶《びてい》〉という急所だ。どんなに腕の立つ兵法者《ひょうほうしゃ》でも、瞬時に絶命する。しかも、ほとんど傷跡が残らない」

「…………」

　正慶尼は、蒼白になっていた。

「弁蔵も清吉も、この針一本で殺《や》られたわけだ。上手い殺し方を考えたもんだな。おめえの知恵か、それとも……誰かに教えられたのかい」

龍次がそう訊《き》いた時、何かが障子を突き破った。

その何かは、龍次の頰をかすめて、正慶尼の胸に命中する。

「ぎゃっ」

鉄砲に撃たれたみたいに、尼僧の左乳房の肉が弾《はじ》けて、鮮血が飛び散った。

龍次は咄嗟《とっさ》に、横へ跳ぶ。

ばんっ、と平手で強く叩くと、生き物のように垂直に起き上がった畳を楯《たて》にした。

真っ赤に染まって倒れた正慶尼は、

「畜生《ちくしょう》……玄太《げんた》……よくも、あたしを殺《や》りゃあがったな……！」

悪鬼のような形相《ぎょうそう》で罵《ののし》ると、ごぼっと大量の血を吐いて、そのまま息絶えた。

大きく広げられた足の間の無毛の花園が、何か別の生き物のように、ひくひくと痙攣《けいれん》している。

「玄太……？」

龍次は唸《うな》るように叫んだ。

「そこにいるのは、達磨屋《だるまや》玄太かっ！」

しゅっと障子が開いて、布袋《ほてい》様のように太った男が、姿を見せた。

「よう、久しぶりだね。確か、卍屋の龍次さんとかいったな」

男は、にやにやと嗤《わら》っている。左腰には、道中差《どうちゅうざし》を落としていた。

「三年前に、信州の地獄谷《じごくだに》で逢って以来ですねえ」

この男――売薬人の達磨屋玄太であった。

売薬人とは、越中富山藩の専売品である反魂丹《はんごんたん》を全国に売り歩く行商人のことだ。

いわゆる、富山の薬売りである。

胃痛に効く反魂丹や、血の道に効果のある実母散《じつぼさん》、頭痛を直す千金丹《せんきんたん》などの有名薬を扱っていて、庶民に絶大に信用があった。

医者のいない山村などでは、置き薬だけが頼りだからだ。

しかし、売薬人の中には、その信用を利用して、悪事に走る者もいる。

この達磨屋玄太は、表看板の薬売りの裏で、卍屋も扱わない危険な媚薬《びやく》〈姦多《カンタ》利素《リス》〉や猛毒の〈石見《いわみ》銀山《ぎんざん》鼠取《ねずみと》り〉などを売りさばいている悪党なのだ。

旅商人の風上にも置けない外道《げどう》で、龍次も、こいつのために何度か命を落としかけている。

「この尼に、尾骶のことを教えたのは、てめえだな」

「まあな」

頷いた玄太は、右手で、黒い数珠《じゅず》をまさぐっている。

それは鉄製の珠《たま》を繫げたもので、親指で弾くと山鳥すら撃ち落とせる。

〈如意珠《にょいじゅ》〉という恐るべき隠し武器であった。

障子越しに正慶尼を殺したのは、この鉄珠だ。

「狙いは何だ。日本左衛門がらみだということは、見当がつくが……」

「そこまでわかってるのなら、やはり。生かしちゃおけねえな。幸い、今のお前さんは、道中差を持ってねえ。得意の脇差居合とかは遣《つか》えないわけだ」

玄太の眼が、蛇のように光った。

「人間なんて、いつどこで死ぬか、誰にもわからねえ……諦《あきら》めて往生するんだな」

ずいっと斜めに進み出ると、玄太は、立てた畳の蔭の龍次に向かって、鉄珠を弾こうとする。

その時、龍次は、手にしていた例の銀の針を、達磨屋に飛ばした。

見事に、玄太の右目に突き刺さる。

「げえっ」

激痛に怯んだ隙《すき》に、龍次は男に飛びかかった。

左腰の道中差を引き抜くと、それを相手の胸板に突き立てる。

「ぐ……っ！」

かっと左目を見開いた玄太は、そのまま、頭から囲炉裏《いろり》に倒れこんだ。

鉄瓶《てつびん》の湯がぶち撒けられて、もうもうと灰神楽《はいかぐら》が立ち昇る。

「卍屋っ！」

五郎太と喜多八が、庵に飛びこんで来た。

「大丈夫か。お前を十王堂で襲ったのは、何でも屋の銀次とわかってな。やっと正慶尼が仲間だと銀次に白状させて、駆けつけたんだが……」

凄惨《せいさん》な二つの死体を、五郎太は、呆《あき》れたように眺めて、

「一体、どうなってるんだ、こいつは？」

10

たった一人生き残った銀次の話によれば、正慶尼――本当の名はお里《さと》だが――は浜島庄兵衛の孫娘であった。

彼女の母親のお雪《ゆき》は、浜島庄兵衛の情婦《いろ》の一人の娘で、生前の庄兵衛から「見

附宿には、一万両の小判が隠してあるんだ。隠し場所だと？　そいつを教えてあるのは、数多い子分どもの中でも、ただ一人よ」と聞かされていた。

一万両なんて与太《よた》だろうと、お雪は頭から信じていなかった。

だが、一昨年、お雪は流行病《はやりやまい》で亡くなる間際に、お里にその話をしたのである。

祖父の血を受け継いだのか、お里は十代半ばで、一端《いっぱし》の女白浪《おんなしらなみ》になっていた。

そして、暗黒街の情報網をたどって、日本左衛門の隠し金の在《あ》り処《か》を知っているのは、庄兵衛の右腕といわれた〈猿《ましら》の万蔵《まんぞう》〉ではないか、と見当をつけた。

万蔵は、延享年間の大捕物の時に、ただ一人捕まらなかった大物である。

そのまま、未だに消息不明なのだ。

まだ、隠し金が掘り出された様子はない。

お里は尼僧に化けて、見附宿に住みついた。

万蔵自身にしろ、その子供にしろ、誰かが隠し金を掘り出しに来るはずだ。

その時に、一万両を横取りしてしまえばいい。

お里＝正慶尼は、抜群の淫技で銀次を蕩《たら》しこみ、自分の子分にした。

その後、金のにおいをかぎつけて来た達磨屋玄太に、今度はお里の方が蕩しこまれてしまったのである。

そして、ついに万蔵本人が見附宿にやって来た。

四十数年前と同じに、仲間の印である鼻緒に赤い布を巻いて。

つまり、弁蔵が猿の万蔵だったのだ。道中手形は、偽物《にせもの》である。

彼は無宿人狩りにあって、この四十数年間、佐渡の金山で働かされていたのだ。

偽名を名乗っていたので、死罪にならずに済んだのである。

とはいえ、佐渡はこの世の地獄。生きて娑婆《しゃば》に戻れたのは、奇跡のようなものだ。

垂髪《たれがみ》の鬘《かつら》をつけたお里は、自分が浜島庄兵衛の孫娘だと打ち明けて、万蔵を誘い出した。

そして、三本松刑場で万蔵を殺し、隠し金の場所を示した地図を奪ったのである。

左腕を切断したのは、肘《ひじ》の上に彫られている〈サ〉の入れ墨から、身元がばれないようにするためだ。

しかし、それだけでは拙《まず》いので、何の関係もない清吉を殺して右腕を斬り落とし、探索の攪乱《かくらん》を計ったのである。

勿論《もちろん》、その知恵をつけたのも、達磨屋玄太だ。

しかも、お里の着物が、おゆうと同じ柄だったことが、余計に五郎太たちを混乱させたのであった……。

一万両の隠し場所は、宿場の入口近くにある一里塚の下だった。

事件は解決した。

おゆうが、何故、真夜中に旅籠《はたご》を抜け出したのかという謎だけを残して……。

11

その日の夕刻――無罪放免になったおゆうと龍次は、見附宿を出立《しゅったつ》した。

一里塚の前を通り過ぎ、三本松刑場の前にさしかかったところで、突然、おゆうが立ち止まった。

「どうした……」

龍次も立ち止まる。

「――龍次兄ちゃん」

かすれたような声で、おゆうが言った。

「どうして、私なんかの無実を晴らすために、あんなに一生懸命になったの」

「何を言ってるんだ」龍次は眉《まゆ》をひそめた。

「当たり前だろう。お前は、俺の大事な、この世でただ一人の女だ。それだけさ」

「違う、違うのよ……」

不意に、おゆうの双眸《そうぼう》から珠《たま》のような大粒の涙が、こぼれ落ちた。

「私は、龍次兄ちゃんが思ってるような女じゃないのよ」

「おゆう……」

絞り出すようにして、おゆうは言った。

「私はね……あの松平定信の、玩具《おもちゃ》だったの」

「っ!?」

――十一年前のあの日、町奉行所と寺社奉行所の合同隊が蓮華堂に奇襲をかけた時、暗闇の大混乱の最中に、松平定信の護衛の藩士が機転をきかして、おゆうを連れ出したのである。

そして定信の駕籠《かご》の中におゆうを押し込め、白河藩《しらかわはん》江戸下屋敷に運びこんだのだ。

松平定信は狂喜した。

地上に舞い降りた天女のような美少女を、我がものとすることが出来たのである。

夜といわず昼といわず、定信は、少女の肉体を貪《むさぼ》り尽くした。

が、おゆうの胸乳《むなぢ》もふくらみ、秘所が繊毛でおおわれると、定信のものは役に立たなくなった。

彼は、正真正銘の幼児愛好者だったのだ。

その十三歳になったおゆうを、定信はどうしたか。

まるで壺か皿のように、庭番《にわばん》・緋桜組《ひざくらぐみ》の稲葉《いなば》孫四郎《まごしろう》に払い下げたのである。

龍次が、京の三条大橋で斬った忍びの者が、その稲葉孫四郎だった……。

「孫四郎は、私の軀《からだ》に指一本触れませんでした。あの人は、男としか出来ない性《せい》癖《へき》だったんです」

「…………」

「その代わり、お役目を遂行するために、私を色々な男に抱かせました。この六年間、何十人も……いや、もっと沢山の男たちに……」

氷のような口調で、おゆうは言った。

「もう、わかったでしょう。私の軀は汚れ切っているの。月の障《さわ》りなんて、嘘。

龍次兄ちゃんに抱いてもらえるような女じゃないのよ、私はっ！」

両手で顔を覆ってしまう。

龍次は、静かに訊《き》いた。

「――誰が汚れてるって」

「え……？」

おゆうは、顔を上げた。

「お前は、俺の大事な女だ。十一年前に逢った時と同じままの、大事な女だ。その証拠に……お前は、男雛の土鈴を持っていてくれたじゃないか」

「お……お兄ちゃんっ！」

おゆうは、龍次の広い胸に飛びこんだ。

「おゆう……」

龍次は、最愛の女を力の限り抱きしめる。

熱い涙が、男の胸を濡らした。

「龍次兄ちゃん……本当は、昨日の夜に……」

「わかってる。言わなくても、いい」

見当はついていた。

緋桜組の頭《かしら》である箕輪勢厳に呼び出されて、早く龍次を始末し、蓮華堂秘帳を奪取するように命じられたのだろう。

「公儀庭番も松平定信も関係ない。俺たちは、二人で、人間らしく生きるんだ」

そのためには、蓮華堂秘帳を使って、松平定信を失脚させねばならない。

定信が老中である限り、二人は生命を狙われるだろう。

（おゆうが裏切ったと知ったら、緋桜組の奴らは、死にもの狂いで襲って来るだろうな……）

二人の命と将来を賭けた最後の闘いの予感に、龍次は頰を引き締めた。

彼の胸の中で、おゆうは声をあげて哭《な》いていた――。

道中ノ四　箱根の峠に消ゆ

1

さて、此《こ》の頃の評判は
念仏飴《ねんぶつあめ》と町々で
かくれないのは薬飴《くすりあめ》
またお子達は息災《そくさい》に
寿命をのぶる千歳飴《ちとせ》

鉦《かね》を叩きながら街道をやって来るのは、派手な扮装《ふんそう》をした旅の飴売りであった。

泣く子供には　この飴を
ちゃんとあぐれば笑い出す
さても不思議の念仏飴

なんまい　なんまい
なんまいだ
アア　なんまいだ……

十数年前に江戸で流行《はや》った〈念仏飴売り〉だ。〈なんまいだ〉と〈甘いだ〉を掛けただけの、たわいないものだが、今でも地方では人気があるらしい。

寛政《かんせい》五年――西暦一七九三年、陰暦二月上旬のある朝である。

東海道を藤枝宿《ふじえだしゅく》から岡部宿へ向かう途中の道だ。

左右には雑木林があり、街道をゆく旅人の姿は、ほとんどない。

それでも、景気づけにか陽気に唄いながら、飴売りは、朝比奈川《あさひながわ》にかかる横内橋《よこうちばし》を渡り始める。

横内橋は、長さ二十八間《けん》の板橋だ。

反対側の藤枝宿の方からも、若い男女が渡って来た。

男の方は長身瘦軀《そうく》の行商人である。

着物の裾《すそ》をからげて、大きな風呂敷包みを背負っていた。

白い川並《かわなみ》を穿《は》き、黒い手甲《てっこう》と脚絆《きゃはん》をつけ、菅笠《すげがさ》をかぶっている。

その菅笠の中央には、〈卍《まんじ》〉の焼印が押されていた。

左腰には、脇差しを落としている。いわゆる道中差《どうちゆうざし》であった。

その道中差の鐔《つば》には、小さな土鈴《どれい》が下げられている。

かなり古びた、丸い女雛《めびな》の土鈴であった。

　ころころころ……

土鈴は、彼のリズミカルな脚の運びに合わせて、柔らかい音色《ねいろ》を響かせている。

女の方は中肉中背で、白い手甲と脚絆をつけ、手拭をかぶっている。

竹の杖《つえ》をついていたが、その先端に穴を開けて、やはり古い土鈴が下げられていた。

　こちらの方は、男雛《お》の土鈴である。

意匠から見て、道中差に下げられた女雛の土鈴と対《つい》になったものであろう。

この男雛の土鈴も、杖が突かれるのにあわせて、ころころころ……と鳴っている。

土鈴の二重唱であった。

男は、かなりの健脚だが、それに歩調を合わせている女も、よほど旅慣れているらしい。

二人とも、絵に描いたような美男美女であった。
夫婦者《めおと》でもなく主従でもない、不思議な雰囲気の二人連れだ。
やがて、二人連れと飴売りは、橋の中央にさしかかった。
　なんまい　なんまい
　なんまいだ
　アア　なんまいだ……
鉦を叩きながら、飴売りが女の横をすれ違おうとした時、
「っ!!」
いきなり、目にも止まらぬ迅《はや》さで、男が道中差を逆手《さかて》で抜いた。
ころ───んと、土鈴が鳴る。
その道中差を、男は、橋板に垂直に突き立てた。
橋板の裏側で、うっ……と呻《うめ》き声が上がる。
「ちっ！」
飴売りは鉦を投げ捨てると、懐《ふところ》から菱型《ひしがた》の銛盤《せんばん》手裏剣を抜き出した。
橋に片膝をついている男へ、その銛盤手裏剣を打とうとする。
が、ころ───ん、という土鈴の音とともに飴売りの右腕が手裏剣を持ったまま、

宙に飛んだ。

「うおぉおっ！」

軀《からだ》の均衡が崩れて、飴売りは、左へよろめいた。

肘の切断面から、勢いよく鮮血が噴き出して、橋板を真っ赤に染める。

「き、貴様……」

飴売りは唸《うな》った。

彼の目には、竹杖の仕込み刀を逆手で抜いた女の姿が写っている。

この女が、飴売りの右腕を斬り落としたのであった。

「やはり……裏切ったのか……おゆう！」

そう叫んだ彼の軀は、ぐらりと傾《かし》いで、橋の向こうに落ちる。

水音が二度、聞こえた。

男と女が朝比奈川を見下ろすと、下流の方へ二つの死骸が流されていく。

一つは飴売りであり、もう一人は、橋板の裏側に隠れていた黒装束《くろしょうぞく》の男であった。

派手な飴売りに注意を向けておいて、その隙《すき》に、橋板越しに手鎗《てやり》で突き刺そうとしたのである。

二人とも、庭番《にわばん》・緋桜組《ひざくらぐみ》に所属する忍びの者だ。

そして、仕込みを遣《つか》った女――おゆうの元の仲間である。

「おゆう……」

残った右腕を川へ蹴落として、男――龍次は言った。

「すまねえ」

「何を謝るの、お兄ちゃん」

「お前に、仲間を斬らしちまって……」

おゆうは、強く頭《かぶり》を振った。

「仲間も何も、もう関係ないわ」

美しい大きな瞳が、黒曜石《こくようせき》のように輝く。

「お兄ちゃんに手を出す奴は、みんな斬る。この世の中で、私にとって大事なものは……龍次兄ちゃんだけなんだから！」

2

卍屋龍次《りゅうじ》が三歳の時に、江戸の三大火事の一つといわれる明和《めいわ》の大火が起こった。

死者が一万四千七百人、負傷者が六千七百六十一人、行方不明者が四千六十人というから、その被害の凄まじさがわかるであろう。

下谷《したや》で小間物屋《こまものや》をしていた両親は、一人息子の龍次を逃がすために、彼の眼前で二人とも生きたまま炎に呑まれた。

孤児《みなしご》となった龍次は、母方の遠縁にあたる棒手振《ぼてふ》り夫婦に引き取られた。

息子四人娘三人の子沢山で生活の苦しい棒手振り夫婦が、龍次を引き取ったのには、理由がある。

実直で真面目な商いをしていた父は、仕入れのたびに清算していたので、借金はなかった。

逆に、あちこちの大名屋敷や旗本屋敷、大店《おおだな》などに、僅《わず》かだが売掛金が溜《たま》っていた。

龍次の両親の死を知った客たちは、売掛金を香典に上乗せして、町役人《ちょうやくにん》に払ってくれた。

その全部で七両の〈持参金〉欲しさに、棒手振り夫婦は、彼を引き取ったのである。

当然、七両の金は、龍次が大人になるまで養父母が責任を持って預かっておくべき性質のものだ。

だが、酒呑みで怠け者の養父の借金を払ってしまうと、その金は、アッという間になくなってしまった。

そうなると、養父母は掌《てのひら》を返したように、龍次に冷たくなった。

実の子供たちにも満足に食べさせられないのだから、龍次にまわって来る食べ物はない。

義兄たちは、煮売り屋や屋台から掻《か》っ払《ぱら》いをやって飢えを満たしていたが、幼い龍次は井戸の水を飲むしかなく、栄養失調で死にそうになった。

長屋の女房連中が、重湯《おもゆ》を食べさせてくれなかったら、彼は餓死していただろう。

生まれた時から、「この子には、お公家さんの血が入っているのではないか」と冗談に言われるほど龍次は美しい子供で、女たちの同情を引かずにはおかなかったのだ。

棒手振り夫婦には「穀潰《ごくつぶ》し！」と罵られ、息子たちにいじめられながら、龍次は成長した。

唯一の救いは、娘たちが蔭ながら守ってくれることだ。

万引や掻っ払いで手に入れた食べ物を、龍次にくれる。

その代償として、一家が寝静まった深夜に、龍次の下腹部の、まだ土筆《つくし》のようなものを弄《もてあそ》ぶのだ。

六歳の時から棒手振りの手伝いをさせられたが、人形のような顔立ちの龍次が健気に働く姿を見て、客たちは同情し、良く買ってくれた。

しかし、息子たちが口減らしのために奉公に出され、龍次のおかげで棒手振りの収入が増えても、亭主が大酒を飲むので、生活の苦しさは相変らずであった。

ただ、極貧の生活の中でも、龍次の面貌《めんぼう》の輝きは失せることはなかった。

が、龍次が十歳になった時——さらに苛酷な運命が彼を襲った。

裏長屋に、日本橋にある大店の番頭だという男がやって来て、龍次を主人の一人息子の話し相手として雇いたい、ともちかけたのである。

十両の支度金に狂喜した棒手振り夫婦は、着の身着の儘《まま》の龍次を送り出した。

龍次が連れて行かれた先は、日本橋ではなかった。

地獄であった。

本所の外れにある香蘭寺《こうらんじ》の中に、〈蓮華堂《れんげどう》〉という会員制の秘密倶楽部である。

会員は、法外な額の入会金と会費を支払うことが出来て、絶対に秘密を守ると誓った者ばかりだ。

豪商、大身《たいしん》の旗本、大名や、その隠居であり、ほとんどが老人であった。

華魁《おいらん》買いのような通常の艶事《いろごと》はやり尽くし、しかも精力も衰えて、普通の性的刺激では、もはや不感症になってしまった者たちである。

そんな老人たちに、蓮華堂が提供したのは、十歳前後の美少年美少女による性交ショーなのだ。

小さな手が、唇が、互いの軀《からだ》をまさぐりあい、無毛の突起が、これも無毛の狭間に侵入し、律動する……秘めやかな喘《あえ》ぎ声、そして幼い爆発……。

放蕩《ほうとう》の限りを尽くして涸れたはずの老人たちにとっても、これは、新鮮で効果的な回春法であった。

蓮華堂とは、極楽浄土の蓮《はす》の台《うてな》で遊び戯《たわむ》れるような、素晴らしい快楽の殿堂という意味なのである。

蓮華堂には、八歳から十四歳までの十七人の少年少女が、軟禁されていた。

十歳の龍次は、このＳＥＸショーの十八番目の出演者として、買われて来たのである。

その晩のうちに、龍次は、先輩である十三歳の少女に筆下しされた。

そして、SEXのあらゆる淫技を教えこまれ、同じような年頃の少女と舞台に立つことを強要されたのである。

龍次は拒否し、そのため、ひどい折檻《せっかん》を受けた。

それでも意志が変わらないのを見て、蓮華堂の幹部の一人である雁首《がんくび》の太平次《たへいじ》が、悪魔的なアイディアを思いついた。

十歳の少年の幼い男根に、二匹の龍の彫物《ほりもの》をしたのである。

それも、海綿体が充血して勃起した時にだけ、特殊な色素が発色して、男根の表面に図柄が浮かび上がるという〈姫様彫《ひめさまぼ》り〉であった。

男性器に彫物をする場合、まず勃起させて一針打ち、激痛で萎《な》えた血まみれのものを、また勃起させて一針打つ――という繰り返しである。

それ自体が、大の大人でも悲鳴を上げて失神するほどの立派な拷問《ごうもん》だった。

永遠に続くと思われるほど長い彫物作業が完了すると、龍次は高熱を出して十日ほど寝こんだ。

そして、腫《は》れの引いた龍次のそれを、幹部たちは、少女の一人に吸茎させた。

硬化膨張した突起の表面に浮かび上がった奇怪な双龍の画を、彼に見せたのである。

「どうだい。見なよ、この立派な彫物を。佐渡帰《ドサげえ》りだって、こんなのは彫っちゃあいないぜ。おい、小僧っ！　ここから逃げたところでなあ、もう、お前は真面《まとも》な暮らしは出来ねえんだよ！　諦《あきら》めろっ！」

その時、龍次の心の中で、何かが音を立てて砕けた。

彼は、幹部たちの命ずるままに、舞台で黙々と破廉恥《はれんち》なショーを演ずるようになった。

ショーの内容は、オーソドックスな一対一から、少年一・少女二や少年二・少女一の3P、少年二・少女二や少年一・少女三などの変則的なもの、果ては、少年対少年などの同性愛までである。

それらのメニューを、龍次は淡々とこなして行く。

もう、反抗はしなかった。反抗するための何かを、失ってしまったのである。

少年の柔らかい心は、その一部が壊死《えし》してしまったのだ。

そして、龍次は、蓮華堂という名の地獄の花形となった。

早すぎる性体験のためか、姫様彫りの副作用なのか、成長するにつれて、龍次の男根は驚異的な発達を遂げた。

特に、玉冠部《ぎょくかんぶ》の発達が著《いちじる》しい。

雄大な巨根と貞抜な性技を持つ美貌のSEXマシーンとしての外観に磨きがかかるのと反比例して、龍次の心は、さらに荒廃し虚《うつ》ろになった。

少年は、いつも無表情であった。

父も母も、もう、この世にはいない。親戚は、自分を金で売った。

この軀には奇怪な彫物をほどこされ、薄汚い老人相手の醜悪な観世物《みせもの》になっている……。

何の希望もない、無残な人生であった。

香蘭寺の境内から一歩も外へ出られない日々が過ぎて、龍次は十三歳になった。

だが、天明二年のある春の夜、龍次は一人の少女に引き合わされた。

「この娘が、今夜のお前の相方だぜ。勿論《もちろん》、まだ処女だ。仲良くするんだな。こいつには大した元手がかかってるんだから……」

龍次は、半ば呆然《ぼうぜん》としながら、幹部の声を聞いていた。

彼の目の前にいるのは、この世に人間として生まれて来たのが何かの間違いではないかと思えるほど、清らかで愛くるしい美少女だったのである。

これが、〈運命の女〉おゆうと龍次との出逢いであった。

その時、十歳のおゆうは、龍次に女雛の土鈴をくれた。

そして、自分の手に残った男雛の土鈴を鳴らす。

龍次も女雛の鈴を鳴らした。

土鈴の二重唱である。

少女は微笑し、龍次もまた、自然に笑みを返した。

そして、驚いた。

十年前に両親を失って以来、彼は笑ったことがない。

このおゆうという少女は、砂漠のように乾き切っていた龍次の心に、人間らしい感情を呼び戻してくれたのだ。

しかし、その時、寺社奉行所と町奉行所が合同した捕方が蓮華堂を奇襲した。

大混乱の暗闇の中、おゆうは何者かに連れ去られた。

龍次の名を呼びながら。

二人の出逢いの時は、同時に別離《わかれ》の時になったのである。

龍次を連れて逃げたのは、蓮華堂の用心棒であった佐倉重三郎《さくらじゅうざぶろう》だった。

多くの子供たちの生き血を絞りとって来た秘密倶楽部に手をかした己《おの》れを恥じた佐倉重三郎は、罪滅ぼしにと龍次を育て、無楽流《むらくりゅう》石橋派脇差居合術《わきざしいあいじゅつ》の奥儀《おうぎ》を授けた。

龍次は、秘具媚薬専門の行商人である卍屋となり、居所も素性《すじょう》もわからない幻の少女〈おゆう〉を求めて、諸国を巡った。

そして、運命の出逢いと別離から十一年――卍屋龍次は、ついにおゆうの過去を知ることが出来た。

二十年前、上州《じょうしゅう》穴倉藩《ししくらはん》十五万石の藩主・藤堂高顕《とうどうたかあき》の側室であるお留衣《るい》の方《かた》が、江戸の下屋敷で、双子の女の子を出産した。

双子の姫が将来の御家騒動の火種になることを怖れた下屋敷側用人の丹波《たんば》章《しょう》右衛《え》門《もん》は、独断で妹姫を捨てた。

姉の方は〈侑《ゆう》〉と名づけられ、美しい姫君に育った。

そして、市中に捨てられた妹姫こそ、後に蓮華堂に売られた美少女〈おゆう〉だったのである。

龍次は、穴倉藩京屋敷の湯殿で抱いた侑姫から、右のような事実を教えられたのであった。

おゆうの素性が判明するのと前後して、龍次は、京の珍皇寺《ちんのうじ》の前で黒装束《くろしょうぞく》の男に斬られて死んだ若侍から、〈蓮華堂秘帳〉なるものを託された。

それは、あの性の魔窟《まくつ》の会員名簿であった。

会員の自筆の署名の中に、白河《しらかわ》藩主・松平越中守《えつちゆうのかみ》定信《さだのぶ》の名前を見つけた龍次は、驚愕《きようがく》した。

松平定信――徳川一族の御三卿である田安《たやす》家の出身で、八代将軍・吉宗の孫にあたり、現在は老中首座の重職にある。

松平定信は、商業活動を活発にして幕府経済を建て直そうとした前任者の田沼《たぬま》主殿頭意次《とのものかみおきつぐ》と反対に、観念的な農本主義と身分制度の厳守を根本理念とし、思想と風俗の徹底的な統制を行っていた。

十一代将軍家斉《いえなり》にＳＥＸの回数を減らすようにと進言し、庶民の性交態位を制限することすら考えたほど、清廉《せいれん》禁欲を生活信条にしている定信である。

その権力者が、実は、幼い子供の性交ショーを売り物にしている地下組織の会員だったとは！

恋愛を描いた本は風紀を乱すといって出版禁止にした張本人が、美少年・美少女の媾合《こうごう》を涎《よだれ》を垂らして見物していたわけだ。

正室との間に子が出来ないのも道理、松平定信は、幼女にしか興奮出来ない変態性欲者の外道なのである。

ヒステリックに〈健全で清潔な生活〉を説く者ほど、裏にまわると歪《ゆが》んだ欲望の持ち主であることが多いのは、いつの世も同じだ。

たとえば、美少年の肉体を売る蔭郎宿《かげろうやど》の一番の得意客が、実は僧侶であるように……。

龍次は、蓮華堂の会員は一人たりとも許せないが、特に松平定信のような卑劣漢には、虫酸《むしず》が走る。

こんな最低の外道たちのために、自分や多くの仲間が人生を狂わされたと思うと、八つ裂きにしても飽き足らない。

死んだ若侍は、松平定信の政敵である老中・大河内備前守宗昭《おおこうちびぜんのかみむねあき》の家臣であり、彼を襲ったのは、定信の私兵となっている庭番・緋桜組だった。

大河内備前守は、蓮華堂秘帳を入手して、定信を失脚させようとしていたのである。

政争に利用されるのを承知で、公儀庭番に命を狙われるのを覚悟の上で、龍次は、江戸の備前守の屋敷へ蓮華堂秘帳を届けることにした。

この醜聞《しゅうぶん》が暴かれれば、定信は武士として割腹《かっぷく》する以外に道はあるまい。

その龍次を三条大橋で襲った緋桜組の女忍《くのいち》が、何と、おゆうだったのである。

十一年前の運命の夜――暗闇の大混乱の最中に松平定信の護衛の藩士が機転をきかして、おゆうに当て身をくらわせ連れ出したのである。

そして、白河藩の江戸下屋敷に運びこんだのだ。

狂喜した定信は、夜といわず昼といわず、美少女の青い肉体を貪《むさぼ》り尽くした。

そして、おゆうが十三歳となり胸がふくらんで来ると、定信のものは立たなくなった。

成長し過ぎたおゆうを、定信は、品物のように簡単に緋桜組の副頭《ふくがしら》に払い下げた。

こうして、おゆうは美貌の女忍となり、任務を遂行するために、大勢の男に軀を開いて来たのである。

しかし、龍次が古びた女雛の鈴を持っているのを見て、おゆうは、彼が十一年の長きにわたって、自分を想い続けていたことを知った。

おゆうは、仲間を裏切った。

そして、龍次とともに、東海道を下り江戸へ向かったのである。

蓮華堂秘帳を大河内備前守に渡し、外道の松平定信を破滅へ追いこむために。

その二人を、箕輪《みのわ》勢厳《せいげん》が率いる公儀庭番・緋桜組が狙う。

東海道は、卍屋龍次とおゆうにとって、血風吹きすさぶ、まさしく修羅《しゅら》の街道であった——。

3

龍次とおゆうは、街道を外れて朝比奈川の河原におりた。

そして、上流の方へと歩く。

このまままっすぐ岡部宿へ向かっても、緋桜組が仕掛けているであろう第二、第三の罠の中へ、みすみす飛びこむだけだからだ。

一刻《いっとき》ほどして、朝比奈川の支流に沿って歩いていた二人は、川の畔《ほとり》に建てられた水車小屋を見つけた。

板葺《いたぶき》の屋根で、壁も板壁だ。

直径二・四メートルほどの水車が、ゆっくりとまわっている。

「あそこで一休みしよう」

龍次がそう言うと、おゆうは、ほっとした顔で頷いた。

大盗賊・日本左衛門《にほんざえもん》が隠した一万両の金に絡む殺人事件に巻きこまれた二人は、

昨日の夕方、見附宿《みつけしゆく》を出立《しゆつたつ》して、そのまま夜旅を続けたのである。

宿場の旅籠《はたご》に泊まると、どうしても緋桜組の襲撃を受けやすいからだ。

見附から袋井《ふくろい》、掛川《かけがわ》、日坂《につさか》と来て金谷《かなや》までが、約七里半。

金谷の宿外れの御堂に泊まって、三時間ほど眠った。

そして、夜明けとともに出発し、大井川に着いた。

明け六ツ——すなわち午前六時から、川渡しは始まる。

男の旅人は川越人足の肩に乗り、女の旅人は平簾台《ひられんだい》に座って、南アルプスの赤《あか》石《いし》山脈の白根山《しらねさん》を源として駿河湾《するがわん》にそそぐ、幅一キロもある大河を渡るのだ。

渡し賃は、水量によって人足一人当たり百十八文《もん》から百三十六文までと、細かく定められている。

簾台を使用する場合は、担ぎ手が四人は必要だし、台の貸し賃もあるので、この六倍を払わねばならない。

高級品を扱う龍次は、懐《ふところ》が暖かいから苦にならないが、一般の旅人には手痛い出費であった。

参勤交代の大名行列も、この大井川渡りにかかる費用は、馬鹿にならない。

しかし、徳川幕府は、江戸防衛上の見地から、この大井川に橋を架けることも舟つき場を作ることも禁じていた。
西国の外様大名たちの軍団が、東海道を下って進攻することを怖れていたのである。
流れが急で氾濫《はんらん》しやすく、橋が架けにくかったという事情もある。
無事に東岸についた二人は、島田《しまだ》宿で朝食をとり、さらに旅を続けた。
そして、藤枝宿の先で、刺客に襲われたというわけだ。
龍次たちは、水車小屋の中に入った。
無人だ。左手に、水車の動力を利用した粉突き機がある。
正面奥には竹籠《たけかご》や笊《ざる》が置かれ、右手には乾燥させた藁《わら》が山積みになっている。
その藁の山に横になった。
「ふう……」
さすがに、二人とも疲労の色が濃い。
ただ夜旅をしただけではなく、絶えず、敵の襲撃を警戒していたからだ。
単調な音を立てて、杵《きね》が臼《うす》を突いている。
龍次は、おゆうの横顔を見た。
今、そこに、自分が命賭けで捜し求めた女が横たわっている。

長く苦しい日々であった。
もう再会出来ないと、諦めたこともあった。
良くぞ、巡り逢えたものである。
こうしていることが夢ではないか、とすら思えて来る。
「…………」
視線を感じて、おゆうは目を開いた。
小さな顎《あご》。ふっくらとした唇。青み帯びた大きな目。
肌の白さは透き通るようで、生まれついての犯しがたい気品がそなわっている。
おゆうは、羞《はず》かしそうに微笑した。
十一年前、蓮華堂の一室で初めて逢った時と同じように、汚《けが》れのない笑みであった。
急に、龍次の胸に激情がこみ上げて来た。
それを感じて、おゆうの瞳も燃え上がる。
龍次は、おゆうに覆いかぶさるようにして、くちづけした。
初めての接吻であった。
貪《むさぼ》るような接吻であった。

おゆうも、自分から舌を絡める。

両手で龍次の頭をかき抱き、髪をくしゃくしゃにしてしまう。

龍次は、おゆうの襟元《えりもと》を押し広げた。

女のにおいが広がる。

龍次は左手で、形の良い胸乳《むなぢ》を摑《つか》んだ。

「ああ……」

おゆうは呻《うめ》いた。

乳房を揉みしだきながら、龍次は片手で、女の帯を解く。

「ま、待って……龍次兄ちゃん」

おゆうは抗《あらが》った。

「どうした、おゆう」

「だって……あたし……お風呂に入ってないもの」

羞恥《しゅうち》に頰を染めて、おゆうは蚊《か》の鳴くような声で言った。

「おゆう……」

龍次は、女の頤《おとがい》に指をかけて、顔を上げさせる。

そして、相手の瞳の奥をのぞきこんだ。

「お前の躯《からだ》には、これっぽっちだって汚いところなんか、あるものか」
「お、お兄ちゃん……」
おゆうの瞳が震えた。
龍次は、赤い扱帯《しごき》に手をかける。
が、おゆうは自分から扱帯を解いた。
龍次も手早く、着物を脱ぐ。美貌に似合わぬ、逞《たくま》しい裸身であった。
細身だが、見事に発達した筋肉が、くっきりと浮き上がり、深い影を作っている。
下帯もとり、仁王立ちになった。
男性の象徴は、垂直に近い角度で猛《たけ》り立っている。
巨根だ。太さも長さも、普通の成人男性のものの倍はあった。
しかも、薔薇色《ばらいろ》に染まった茎部《けいぶ》に、二匹の妖龍《ようりゅう》が絡みついている。
双龍根であった。
外道どもの魔窟《まくつ》に飼われていた時の、消すことのできない烙印《らくいん》である。
おゆうも、また、立ち上がって肌襦袢《はだじゅばん》を肩から滑り落とした。
腰部に巻いた下裳《したも》だけになる。

その緋色《ひいろ》の下裳を解いて、手を放した。

音もなく、足元が落ちた。

全裸のおゆうは、龍次と向かいあう。

左腕で胸乳を、右手で秘処《ひめどころ》を覆っていたが、

「見せてくれ」

龍次の言葉を聞いて、躊躇《ためら》いながら手を外す。

美しい裸体であった。

お椀を伏せたような胸のふくらみも、くびれた腰も、半球状に盛り上がった臀《しり》も、ほぼ完璧に近い体軀《たいく》であった。

愛しあっている二人は、自分の全てを相手の目にさらけ出していた。

龍次は両腕を広げる。

「来い、おゆう！」

おゆうは、軀を投げ出すようにして、龍次にぶつかって行った。

「龍次兄ちゃんっ！」

それを受け止めた龍次は、藁の中に倒れこんだ。

全身を使って、激しく愛撫する。

菱形《ひしがた》の淡い繊毛に縁《ふち》どられた亀裂を指でさぐると、そこは、すでに熱い秘蜜を溢れさせていた。

龍次は、絹のようになめらかな下腹に唇を滑らせながら、おゆうの花園に達する。
素晴らしい佇《たたず》まいであった。
花びらの色は桜色だ。
つつましやかで、醜《みにく》い捻《ね》じれが全くなく、赤ん坊の耳朶《みみたぶ》のように可愛らしい。
龍次は、唇と舌を情熱的に駆使した。
正気を失いそうだ、という意味の言葉を、おゆうは叫ぶ。
溢れた愛液は、臀や太腿《ふともも》までも濡らした。
龍次は軀をずり上げて、女の下肢《かし》を大きく開いた。
子供の足ほどもある灼熱《しゃくねつ》の剛根を右手で摑み、先端を濡れた花園にあてがう。
ゆっくりと侵入させた。
「あ……っ！」
おゆうは息を呑んだ。
このような巨大なものは、受け入れたことがないのであろう。

鰓《あら》の張った玉冠《ぎょくかん》が、女体《にょいた》の最深部に到達すると、
「あ、あう――っ……」
おゆうは、白い喉を見せて背中を弓なりに反《そ》らせた。
しばらくの間、龍次はじっとしていた。
おゆうの花孔は、絶妙な味わいであった。
「やっと、一つになれたな」
龍次が囁《ささや》くと、
「うん……嬉しい」
おゆうは、目に涙をにじませた。
龍次は、律動《りつどう》を開始する。
最初はゆっくりと、おゆうの反応を見ながら、次第に勢いを上げてゆく。
おゆうも、長い足を龍次の腰に絡めて、自ら臀を振った。
男の広い背中に、両手の爪を立てる。
おゆうの快感は、急な曲線を描いて上昇して行った。
そして、喉の奥で声にならぬ叫びを上げる。
絶頂に達したのだ。

同時に、龍次も、これまで経験したことのない強烈な快感とともに、したたかに放つ。

二人は、そのまま動かなくなった。汗にまみれている。

龍次が、女に対して疲れを感じたのは、これが初めてであった。

深い満足感がある。単に欲望を満たしたというのではなく、精神的な充足感であった。

「ごめんね……」

荒い息が鎮まってから、おゆうが涙声で言った。

「何が」

「初めてでなくて……許してくれる？」

「馬鹿……」

龍次は微笑して、女の頭を小突《こづ》いた。

「お前は今まで心を開いて、男に抱かれたことがあったか」

「ううん」

おゆうは頭を振る。

「だったら、今が初めてじゃねえか。俺もお前も、初めて同士さ」

おゆうの瞳から、大粒の涙が零れ落ちた。

「……好きっ！」

おゆうは自分からくちづけをした。舌と舌が絡みあう。

しばらくしてから、龍次は上体を起こして、抜いた。

懐紙で後始末をする。おゆうの花園もだ。

「そんなことまで……」

あわてて、おゆうが起き上がろうとするのを、龍次は制止する。

「気にするな」

次に、荷物の中から乾いた手拭を二枚出して、そのうちの一枚で、おゆうの軀を拭う。

おゆうは、くすぐったそうに笑った。

それが終わると、今度は、おゆうがもう一枚の手拭をとって、

「お兄ちゃんの番よ」

龍次の背中の汗を拭った。

それから、前にまわって胸を拭く。

自然と、下腹部を見る姿勢になった。

放射したにもかかわらず、龍次の男性は隆々《りゅうりゅう》としている。

「凄い……」

おゆうは、手拭を捨てた。

両手で雄根を握る。

太過ぎて、握りしめようとしても。指がとどかなかった。

しかも、火のように熱い。

丸々と膨れ上がった先端に、おゆうは唇を押しあてた。

含む。

おゆうは、巧みであった。

技巧が優れているだけでなく、唇の動き、舌づかい、その一つ一つに深い愛情がこもっているからだ。

おゆうは顔を上げて、

「龍次兄ちゃん。今度は、私のを見て」

獣《けもの》の姿勢をとった。

今さら確かめるまでもないが、おゆうは、背中に姫彫りされた鳳凰《ほうおう》を見てくれというのである。

白いまろやかな双丘《そうきゅう》を、龍次は、そっと撫でまわした。
女性として最大で最後の羞恥の場所である背後の門までが、あからさまになる。
そこには、放射状の皺《しわ》はなかった。
光沢のある桃色の窪みの中央に、針で突いたような孔があるだけだ。
龍次は、その部分に、たっぷりと舌を使った。
それから、禁断の門を背後から、一気に貫く。
隘路《あいろ》ではあるが、唾液で濡らしておいたので、挿入は楽であった。
臀の両側を手でおさえて、力強く責める。
引き締まった男の下腹が、柔らかな女の臀に打ち当てられる。
おゆうは哭《な》いた。
悦声《よがりごえ》までが、天上の音楽のように美しい。
性的興奮のために、白い臀が桜色に染まってきた。
龍次は、さらに責めを速める。
愛しい男の名を呼びながら、おゆうは途方もない高みに駆け昇った。
龍次も、先ほどに倍する快感の中で、底なしの蜜道の奥へ大量に放山した。
その最中に、雪のように白いおゆうの背中に、双翼を広げた鳳凰の画が浮かび上がるのを、龍次は、はっきりと見た。

4

「ほう……京のお公家さんがなあ」

「昨日、ここを通られたのかね」

「そうよ。立場《たてば》で馬を替える間に、うちの白酒を飲まれて行ったがね。京にも同じような白酒があるが、それより美味《おい》しい、と褒めて下さったぞ」

翌日の午後——〈名物　山川白酒〉という看板を出した茶屋の婆《ばあ》さんと馴染客が、声高《こわだか》に話し合っていた。

龍次とおゆうは、外の縁台に座り、白酒の湯呑みを手にしている。

二人は、あれから東海道に戻り、岡部、鞠子《まりこ》、府中、江尻《えじり》と来て、昨夜は興津《おきつ》宿《しゅく》に泊まった。

そして、明け六ツ立ちをして、由比《ゆい》、蒲原《かんばら》と過ぎ、吉原《よしわら》宿の手前の本市場の立場にあるこの茶屋で、昼食をとったのである。

身も心も、魂の奥底から一つになった龍次とおゆうは、堂々と街道を行くことに決めた。

庭番・緋桜組がどんな罠を仕掛けていようと、死ぬ時は二人一緒だと思えば、怖いものは何もないのである。

今、彼らが飲んでいるのは、清酒《すみざけ》に蒸した餅米《もちごめ》を加えて発酵させ、その諸味《もろみ》を擦り潰して作った。この本市場の名物〈山川白酒〉だ。

京都の六条油小路《ろくじょうあぶらこうじ》の酒屋の白酒も、有名である。

「そいで、その二人のお公家さんは、何でお江戸に下られるんじゃ」

「はて、何でも、ご老中様に呼ばれたのだとか」

「天子様の父御《ててご》が、どうとかこうとかという話じゃろう。わしらには関わりない、むつかしい話じゃ」

あれか、と卍屋龍次は気づいた。

京の山岡屋《やまおかや》に半年も居続けていた時に、その噂は聞いていた。

いわゆる〈尊号《そんごう》問題〉である。

安永《あんえい》八年――西暦一七七九年――十一月に後桃園《ごももぞの》天皇が崩御し、光格《こうかく》天皇が、僅《わず》か十歳で玉座についた。

光格天皇は、六代前の東山《ひがしやま》天皇の曾孫《ひまご》にあたり、父は閑院宮典仁《かんいんのみやすけひと》親王である。

この父親に、〈太上天皇《だじょう》〉の尊号を贈って上皇にしたいというのが、光格天皇の願いであった。

しかし、上皇というのは、退位した天皇のことだから、一度も帝《みかど》の位についていない閑院宮には、その資格がない。

それを承知の上で、急進派の公家の一派が、幕府に働きかけた。

幕府は——正確に言えば、老中首座の松平定信は、この要求を蹴った。

しかし、公家たちは執拗に運動を続け、遂には、幕府の許可を得ずとも勝手に上皇の尊号を贈ると決めてしまったのである。

当然、激怒した徳川幕府は徹底的に圧力をかけて、昨年十月に尊号宣下を中止させた。

そして、急進派の代表的存在であった中山愛親卿《なかやまなるちかきょう》と正親町公明卿《おおぎまちきんあき》を、取り調べのため江戸へ召喚《しょうかん》したのである。

昨日、この茶屋に立ち寄った二人の公家というのは、その中山卿と正親町卿であった。

京都所司代の役人に護衛され——本当は厳重に監視されて、両卿は、処刑場に連行される死刑囚のように、街道を下って行ったのである。

処刑場——というのは、そう突飛な表現ではない。

松平定信は、公家の反幕府的運動を完全に壊滅させるために、見せしめとして、二人を島流しにするつもりなのだから。

中山卿たちは、二度と京の白酒を口にすることはあるまいと思い、この茶屋で飲んだ白酒を末期《まつご》の水のように感じたことであろう……。

「——行くか、おゆう」

龍次が、代金を縁台に置いた。

「はい、お前さん」

新妻《にいづま》の初々《ういうい》しさを見せて立ち上がろうとしたおゆうが、ふと、眉《まゆ》をしかめた。

「どうした」

しゃがみこんで、龍次は、おゆうの右足の草鞋《わらじ》をとり、足袋《たび》を脱がせる。

強行軍がこたえたのか、親指と人差指の間に大きな肉刺《まめ》ができていた。

「痛いなら痛いと、ちゃんと言わなきゃ駄目じゃないか」

「だって……」

甘えたような声で、おゆうは俯《うつむ》く。

龍次は、腰の印籠《いんろう》を抜いたが、あいにく塗り薬が切れていた。

荷物の中から、珍皇寺の前で死んだ若侍の印籠を取り出す。

大河内備前守の屋敷を訪ねる時に、若侍の最後を看《み》とった証拠にするため、持って来たものだ。

龍次は、おゆうの肉刺を切開し、中の水を出してから、その印籠の中にあった薬を塗った。

足袋をはかせ、草鞋の紐を結んでやる。

「これで、いいだろう」

「はい、お前さん」

おゆうは嬉しそうに頷いた。

こいつぁ見せつけるぜ、と客の一人が呆《あき》れたように言う。

その時、龍次は、自分に向けられる強い視線を感じた。

目の隅で確認する。

「………」

後ろの縁台に座っている中年の武士が、彼を見ていたのである。

龍次たちが座る直前に、この茶屋へ入った客だ。

素知らぬ顔で、龍次はおゆうと街道を東へ歩き出した。

しばらくして、例の武士も茶屋から出て来た。
龍次たちの二十メートルほど後ろを、歩いて来る。
奇妙な行動であった。
あの武士は、龍次たちとは反対の、吉原の方から歩いて来たのだ。
それなのに、今は、吉原宿へ戻る方向へ歩いている。
明らかに、龍次たちを尾行しているのだった。
「おゆう……」
「はい……気づいています」
肩越しに背後を見ることもなく、おゆうは囁《ささや》いた。
さすがに、表情が引き締まっている。しかし、歩く調子は変えない。
二人は吉原宿へ入った。
戸数四百軒というから、東海道の宿場としては、中くらいの規模である。
『東海道獨《ひとり》案内』萬治《まんじ》版《ばん》には、〈此処《ここ》は魚の多き所、宿のとまり甚《はなはだ》よし……〉とある。
吉原町を東へ抜けて、十町ほど行くと、元吉原となる。
昔は、この場所に宿場があったのだが、延宝《えんぽう》八年に津波に襲われて、翌年、現在の場所へ移転したのだという。

浜は海に浸食されて、捻《ね》じれたような松が並んでいた。

龍次とおゆうは目だけで話しあい、ここの砂浜へおりて、太平洋を眺める。

案の定、中年の武士も、砂浜へおりて来た。

いきなり、龍次は振り向いた。

「っ!?」

武士は、はっとした様子で身構える。大刀の柄《つか》に手をかけていた。

「私たちに、何か御用ですかい」

「…………」

武士は、無言で龍次を睨みつける。額《ひたい》に、薄く脂汗がにじんでいた。

いきなり、抜刀した。

「いやあぁぁ――――っ!」

気合というよりも、悲鳴に近い声を上げて、武士は龍次に斬りかかる。

抜き輪結びにしていた荷物を砂浜に落として、龍次は横へ跳んだ。

跳びながら、道中差を抜刀したが、斬らなかった。

武士は荷物に蹴つまづいて、だらしなく倒れてしまう。

銛盤手裏剣を構えたおゆうも、戸惑ったような表情だ。

「く、くそっ！　朋輩《ほうばい》の仇敵《かたき》じゃ！」

もがくようにして立ち上がった武士は、顔も軀《からだ》も砂まみれだ。

その目をひん剝《む》いて、

「浦部《うらべ》久右衛門《きゆうえもん》は、貴様ら庭番などには負けぬぞっ！　来いっ！」

龍次とおゆうは、顔を見あわせた。

「私たちは、庭番じゃありません。逆に、庭番・緋桜組に狙われている者でして」

「嘘を言わっしゃい」と久右衛門。

「先刻、茶屋で見たが、その方《ほう》は、片山浩四郎《かたやまこうしろう》の印籠を所持しておったではないか。京で浩四郎を斬って手に入れたものに、相違あるまいっ」

「浦部様は、ひょっとして大河内備前守様のご家臣ですか」

「当たり前じゃ！」

「最初からお話しした方が、良いようですねえ……」

龍次は、道中差を鞘《さや》に収めた。

おゆうも銛盤手裏剣をしまったが、右手は懐《ふところ》に入れたままだ。いつでも、抜き出せる態勢である。

珍皇寺の前で片山浩四郎が斬られるのを目撃したところから、龍次は、ざっと成り行きを説明した。

浦部久右衛門の顔から、次第に疑惑の色が消える。

「左様か……蓮華堂秘帳は、お主が所持しておるのか……」

力なく言って、納刀する。

主君の政敵を抹殺できる重要な証拠が入手出来たと知らされたのに、なぜか、沈んだ表情だ。

「どうなすったんです」

久右衛門は、暗い眼差《まなざ》しで龍次を見て、

「なあ、龍次とやら……」

一呼吸おいて言った。

「殿は……大河内備前守様はな、亡くなられたのじゃ」

5

吉原宿から、原、沼津と来て、三島宿に着く。

箱根山を間にはさんで、小田原宿から三島宿までを、俗に〈箱根八里《はちり》〉という。

箱根山には、嶮岨《けんそ》な箱根峠があり、徳川幕府の最も重要かつ厳《いかめ》しい箱根の関所がある。

それで、東から来た旅人は三島宿で、西から来た旅人は小田原宿で、無事に箱根山を越したという〈山祝《やまいわ》い〉を行うため、この両宿は非常に賑っていた。

ことに三島の飯盛《めしもり》女郎は有名で、

富士の白雪や　朝日でとける
とけて流れて　流れの末は
三島女郎衆の　化粧水……

このように、小唄にも歌われている。

また、源頼朝が治承《じしょう》四年に兵を挙げる時に戦勝祈願をしたという三島大社が、多くの参拝客を集めていた。

龍次とおゆう、そして浦部久右衛門は、この三島宿の〈双葉屋《ふたばや》〉という旅籠《はたご》に泊まった。

勿論《もちろん》、飯盛女郎を置いていない平《ひら》旅籠である。

夜遅くに、龍次とおゆうは一緒に大風呂に入った。

襲われる可能性が高いので、一人ずつ入るのは危険過ぎるからだ。

それに、どうせ旅籠の風呂は混浴と決まっている。

広い湯殿に、他に客の姿はなかった。柱に風呂行燈《あんどん》がかかっているが、それでも四隅は薄暗い。

「お前さん。江戸で、うまく蓮華堂秘帳の買手が見つかるといいね」

龍次に寄りそい、その肩に頭を乗せて、おゆうが言った。

「うむ……」

松平定信の最大の政敵である大河内備前守宗昭は、五日前に死亡した。

庭番による毒殺も考えられたが、以前から胃に悪性腫瘍《しゆよう》が出来ていて、それが悪化しての病死であった。

備前守自身も胃癌《いがん》のことを知っていて、だからこそ、一日でも早く定信を失脚させるために、蓮華堂秘帳を欲したのである。

では、備前守が亡くなった今、蓮華堂秘帳はどう扱ったら良いのか。

大河内家の重臣たちが鳩首《きゆうしゆ》会談を開いたが、結論は出ない。

とりあえず、幕閣の最大の実力者である松平越中守定信を刺激するのは良くないということになった。

それで、秘帳を持って来る片山浩四郎を江戸に入れないために、浦部久右衛門が東海道を上っていたのである。

元吉原の浜辺で、龍次は、久右衛門に言った。

「松平定信を邪魔に思っているお偉方は、他にもいるでしょう。そういう方に、売りつけるんですよ。要は、誰でもいいから、この秘帳を使って定信を失脚させてくれりゃいいんですからね。仮に、こいつを松平定信に差し出したとしても、自分の弱みを知った大河内家を、奴が放っておくわけないじゃありませんか。早晩、何か理由をつけて、お家はお取り潰しの目にあいますよ」

「…………」

「いいですかい、浦部様、ここが、正念場ですよ。定信を失脚させるか、大河内家が断絶されるか、二つに一つなんですぜ」

「なるほど……その方《ほう》の言う通りだな。蓮華堂秘帳を越中守に渡して、お家の安泰を計ろうとした我らが愚かであった。確かに、越中守に反対する方は多い。無事に江戸へ着いたら、早速に、あちこちに交渉してみることにしよう」

久右衛門は、深々と頷いたのであった……。

「あっ……」

おゆうは、ぴくん、と軀《からだ》を震わせた。

湯の中で、龍次の指が花園をまさぐったからである。

「やめて、お前さん。人が来たら、羞《はず》かしいもの……」

「こんなに遅くに、誰も来やしないよ」

さらに指を微妙に動かしながら、龍次は、おゆうの耳元に囁《ささや》きかけた。

「——四人だ」

ほんの僅《わず》かだけ頷いて、おゆうは身悶《みもだ》えする。

甘い声で、

「ああ……変になっちまう。今度は、あたしにさせて。大事なところに」

「口でかい」

「うん。お前さんだったら、あたし、どんなことでも……してあげる」

「よし」

龍次は、湯舟の中で立ち上がった。

隠れている四人の視線を、素肌に感じる。

まだ下を向いている龍次の男根は、それでも、普通の男の勃起したものと同じくらい巨《おお》きかった。

おゆうは、左手でそれを捧げ持つようにして、垂れ下がった布倶里《ふぐり》に唇を這わせる。

左手は湯の中だ。

大きな瑠璃玉《るりだま》を片方ずつ、口腔《こうくう》に含んで、舌で転がしたりする。

龍次の巨砲が、どくん、と脈打って恐るべき偉容をあらたにした。

度肝を抜かれた四人の視線が、一瞬、その双龍根《そうりゆうこん》に集中する。

その刹那《せつな》、

「っ！」

おゆうの右手が、水面から跳ね上がった。

素晴らしい速さで飛んだ二本の銛盤手裏剣が、湯殿の四隅に隠形《おんぎよう》していた庭番の心の臓に、突き立った。

残った二人が、忍び刀を振りかざして、湯舟に突進して来る。

おゆうは、両刃の棒手裏剣――苦無《くない》という――を逆手《さかて》に持って、湯舟から飛び出す。

振り下ろされた忍び刀を、その苦無で受け止めた。

同時に、もう一人の庭番が、全裸の龍次に突きかかる。

龍次は、それを躱《かわ》しながら、軀を半回転させた。

右の拳《こぶし》が、庭番の右こめかみにぶつかる。

「けっ!?」

その庭番は、ぽかんと口を開いて、そのまま横倒しになった。

彼の右こめかみには、五寸釘《くぎ》を突き立てたような穴が開いている。

おゆうを襲った庭番の注意が、そちらに逸《そ》れた。

次の瞬間、おゆうの苦無が、相手の心臓を抉《えぐ》った。

そいつは、湯舟に倒れこんで、湯を真っ赤に染めた。

龍次は、右手の中に握りしめていたT字型の鉄製の棒〈手甲《しゆこう》〉を、血に染まっていない湯でさっと洗う。

それから、二人は手早く着物を身につけた。

もはや、この旅籠にはいられない。

足音も立てずに、龍次たちは、部屋に戻った。

龍次たちの部屋と久右衛門の部屋は、隣同士である。

「浦部様」

障子越しに、龍次は声をかけた。

返事はない。

龍次とおゆうは顔を見あわせ、障子を引き開けた。

「っ!?」

部屋の中は血に染まり、胴体から切断された久右衛門の生首が、虚《うつ》ろな目で龍次を見返していた。

6

「どうするの、お前さん」

三島名物の濃い夜霧の中で、おゆうが訊《き》いた。

旅籠《はたご》を抜け出した二人は、小田原提灯《ちょうちん》を下げて、街道を東へ向かっている。

道は上り坂になっていた。

るそうじゃないか」

「峠を越えれば、箱根宿だ。あのお公家さんたちが、箱根宿の本陣に泊まってい

「こんな夜更《よふ》けに……？」

龍次は言った。

「箱根峠を越える」

箱根宿の東側に、関所は隣接している。

朝一番に関所を通るために、中山愛親卿と正親町公明卿の一行は、三島ではなく箱根宿に宿泊しているのであった。

「たしかに、旅籠の番頭さんは、そう言ってたけど」

「俺はな、この蓮華堂秘帳を、お公家さんたちに渡そうと思うんだ」

「えっ！」

「それ以外に……今の俺たちに、松平定信を倒す手段はない」

浦部久右衛門が惨殺されたために、反定信勢力に蓮華堂秘帳を売りこむという策は、使えなくなった。

日《ひ》和見《よりみ》主義の大河内家の重臣たちは、久右衛門が殺されたと聞けば、震え上がって定信に命乞《いのちご》いをするだろう。

残る手段は、ただ一つ。

箱根宿の本陣に忍びこみ、中山卿たちに全ての事情を話して、蓮華堂秘帳を預けるのだ。

そうすれば中山卿たちは、取り調べをする定信を、面と向かって非難出来る。

いくら悪辣《あくらつ》な松平定信でも、天子の親書を運んで来た両卿を謀殺《ぼうさつ》することは出来まい。

「でも……旅籠で失敗したから、箕輪勢厳たちが箱根峠で待ち伏せしていることは、間違いないよ」

「わかってる」

「だったら、明るくなってから峠越えをした方がいいじゃない」

「その時は、お公家さんたちは、関所の向こうだ。しかし……俺たちには、関所手形がない」

そうなのだ。

二人が風呂に入っている間に、緋桜組の連中は、秘帳を捜して部屋中を荒らした。

勿論《もちろん》、秘帳は見つからなかったが、その代わりに、二人の往来切手の関所手形を奪って行ったのである。

だから、龍次たちは、箱根の関所を越えることが出来ない。

普通の関所ならば、脇街道から抜けるという手があるが、箱根では難しい。熱海《あたみ》街道の根府川《ねぶかわ》、駿河《するが》街道の矢倉沢《やくらざわ》、甲州道の川村《かわむら》、甲州街道の谷ケ村《たにがむら》、箱根裏街道の仙石原《せんごくはら》の五ケ所に、裏関所が設けられているのだ。

興津まで引き返し、身延道《みのぶどう》を北上して甲府へ出て、甲州街道から江戸へ入るという手もあるが、そんなことをしていたら、公家たちは江戸の伝奏《でんそう》屋敷へ入ってしまう。

「――おゆう」

龍次は立ち止まった。

「これは、俺たちが生きるための闘いだ。松平定信を倒さない限り、俺たちは一生、奴の手の者に命を狙われ続けるんだっ！」

「…………」

「どうする」

おゆうは、にっこりと笑った。

「私は……お兄ちゃんの行く方へ行くだけよ」

「おゆうっ」

二人は、かたく抱き合った。

四半刻《しはんとき》ほど、そのままでいたが、やがて、ゆっくりと離れる。

「行くか」

「うん」

龍次とおゆうは歩き出した。

道は石畳になっている。

相模《さがみ》と伊豆の国境《くにざかい》にある箱根峠は、標高八百三十メートル。

峠道の左手には芦ノ湖が広がっているはずだが、無論、今は何も見えない。

霧は、ますます濃くなってゆくようであった。

「おゆう……」

「なあに」

「上方《かみがた》でな」

「うん」

「小間物屋《こまものや》でも、やろうと思うんだ」

「本当っ？」

「子供相手の駄菓子屋でもいいぞ。お前、どっちがいい」

「そうねえ……」

やがて霧は、二人の男女を完全に呑み込み、ただ夫婦土鈴の柔らかい音色《ねいろ》だけが、霧の中を次第に遠去かっていった——。


寛政五年三月七日、幕府は、〈尊号問題〉の責任者である議奏《ぎそう》の前権大納言・中山愛親卿に閉門《へいもん》百日、武家伝奏の前権大納言・正親町公明卿には逼塞《ひっそく》五十日を命じた。

当初、予想された島流しに比べれば、二人とも異常に軽い処分であるが、その理由は定かではない。

それから約四ケ月後の七月二十三日、突如、松平越中定信は老中を解任され、以後、七十二歳で没するまで、二度と公職につくことがなかった。

真夜中の箱根峠を越えようとした二名の男女の消息は、不明である。

番外篇　夜の鈴

1

「ようこそ、おいでくださいました——わたくしが主《あるじ》の忠太郎《ちゅうたろう》でございます」

そう言って丁寧に頭を下げたのは、二十七、八の若い商人である。

丸顔で、鼻の頭が上を向いた愛嬌《あいきょう》のある顔立ちだ。

寛政《かんせい》六年——西暦一七九四年の陰暦三月中旬の午後である。

そこは——両国橋の西側、薬研堀《やげんぼり》の秘具媚薬《びやく》専門店〈四目屋《よつめや》〉であった。

疑似男根である張形《はりがた》や疑似女陰である吾妻形《あづまがた》、惚れ薬である蠑螈《いもり》の黒焼き、強精剤である膃肭臍《おっとせい》など、男女の閨事《ねやごと》に関わる様々な品物を扱っている店だ。

そのため、わざと店内を薄暗くして、笠を付けた明かりは客の腰から下を照らすようにしてある。

客同士の視線が合って、気まずい思いをしないための配慮だ。

今――衝立《ついたて》で仕切られた上がり框《がまち》に腰をかけている客は、山岡頭巾《ずきん》で顔を隠した中年の武士である。

「うむ……」

落ち着かない様子だった。どこかの中級旗本の用人だろう――と忠太郎は見当をつけた。

「お入り用のものを伺《うかが》います前に、こちらをご覧ください」

忠太郎は、左脇にあるものを手で示した。

長さ一尺半ほど銅製の細い筒が、刀掛けのような台の上に載っている。

筒の両端に、朝顔の花のような器具が斜めに付いていた。

「なんじゃ、これは」

「はい。阿蘭陀《オランダ》人のずうふらという道具を参考にして、細工物職人に作らせた伝声管でございます」

「伝声管とな」

「畏《おそ》れ入りますが――」

忠太郎は伝声管を取り上げて、

「そちら側に、耳をお当てくださいまし」

「こうか」

武士は山岡頭巾の前を開いて、右耳に朝顔のような器具を当てた。

「このようにしますと、わたくしの声はお客様の耳にしか聞こえませぬ」

反対側の器具に、忠太郎は低い声で話しかける。

「ですので、これを使えば何の心配もなく、お客様のお悩みを話していただけるわけでございます」

せっかく四目屋に来ても、自分の性に関わる相談を他の客には聞かれたくない――というのが、人情だろう。

その不安を解消するために、忠太郎が用意したのが伝声管なのであった。

「なるほど、南蛮《なんばん》渡りの道具か」

精力的な顔つきの武士は、感心したように伝声管を眺めた。話しているうちに、気持ちが解《ほぐ》れたようである。

医者で蘭学者の杉田玄白は、『蘭学事始』の中で、オランダ語の〈Roeper〉を〈呼遠筒《こうえんとう》〉と訳している。

金属製のメガホンのようなもので、このループルが訛《なま》って〈ずうふら〉になったらしい。

「こうするのか——」

武士は、浅顔形の器具を口に当てて、

「実は……どのように熱心に励んでも、相手の女人《にょにん》が石仏《いしぼとけ》でな。それで困っておられる…いや、困っているのだ」

石仏とは、現代でいうところの不感症である。石の仏像のように冷たく、反応がない女体という意味だ。

「お相手は、お幾つくらいで」

伝声管を耳にあてがったままで、忠太郎は訊いた。この用人は、主人の代理で来たのだろう。

「左様……十九であったかな」

「初床の時は、生娘《きむすめ》でございましたな」

「うむ、左様じゃ」

主人が若い妾《めかけ》を作ったのだな——と忠太郎は察した。

「大体、わかりました。良い薬がございます——」

伝声管を台に置いて、忠太郎は立ち上がった。

壁際に置いた大きな簞笥《たんす》の引き出しのひとつから、小さな木箱を取り出す。

そして、山岡頭巾の客──用人の前へ戻って、相手の前に木箱を置き、蓋《ふた》を取った。

鶉《うずら》の卵よりも一回り大きいものが、紅絹《もみ》の褥《しとね》に横たわっている。黄土色で、鈍く光っていた。

「これは蠟丸《ろうがん》と申しまして、女人往生の秘薬でございます」

「ほほう、女人往生とな……」

もはや、伝声管を使わずに、直《じか》に会話している。

元々、伝声管は実用性よりも、自分の悩みを他の客に聞かれるかも知れないという客の不安を解消するために、置いてあるのだった。

「塗り薬で、薬気が洩れぬように生蠟《きろう》の中に納めて、合わせ目を火で炙《あぶ》り、密封してございます。使用する時は刃物で断ち割り、中の薬を指先ですくって、相方の大事なところの内部に塗りつけていただきますので」

手真似をしつつ、忠太郎は説明する。

「それでは、割ってしまったら、一度で使い切らねばならぬのか」

「いえいえ……指先ですくった後に合わせ目を火で炙っていただければ、蠟でございますから、すぐに溶けてくっつきます。さすれば、中の薬気は洩れず、薬効も失われません」

「なるほど、なるほど」

納得した用人は、何度も頷いた。

「さて、この蠟丸と申しますのは——人参《にんじん》、午膝《ごしつ》、附子《ぶし》、山椒《さんしょう》、龍骨《りゅうこつ》、肉桂《にくけい》、細辛《さいしん》、柘榴皮《せきりゅうひ》、白礬《はくばん》、丁子《ちょうじ》、麝香《じゃこう》の十二の原料を細かく磨り潰して、白蜜《しろみつ》で練り合わせたもの。これが女人の内部で溶けて、そこに殿方のお道具の動きが加わりますと、絶妙の味わいが生まれるのでございます」

「ふーむ……」

「一口《ひとくち》に石仏と申しますが、それは女人が若く羞恥《しゅうち》の心が非常に強かったりして、閨の行いを忌避《きひ》しているために、軀《からだ》が固まってしまっているのでございます。しかし、この蠟丸による男女和合の妙味は、その固まった軀も心も蕩《とろ》かして、桃源郷に誘うこと間違いなし」

立て板に水で媚薬の効能を滑らかに言いたてる、忠太郎であった。

「して、その蠟丸の値《あたい》は」

「なにぶん、高価な生薬を用いていますので——」

値段を聞いた用人は、一瞬、渋い表情になった。だが、少し考えてから、

「――よし、貰おう」

懐《ふところ》から財布を盗りだした。

「有り難うございます」

忠太郎は、手代に木箱を丁寧に紙で包ませる。

それを受け取って大事そうに懐にしまうと、用人は、ほっとした表情で立ち上がった。

「また、何かお入り用のものがございましたら、いつでも、お越しくださいまし」

「うむ――」

機嫌良く店を出て行く用人へ、忠太郎が頭を下げていると、そっと近づいて来た番頭の角助《かくすけ》が、

「旦那様――大旦那様がお呼びでございます」

小声で囁《ささや》いた。

2

奥へ入った忠太郎が、渡り廊下の方へ歩いていくと、頬のあたりに視線を感じた。

「――――」

立ち止まった忠太郎は、視線の来た方へ顔を向ける。

障子の隙間《すきま》から、彼を見つめている冷たい眼があった。女の眼である。

忠太郎の女房のお俊《しゅん》だ。

にっこりと忠太郎が笑いかけると、障子は、ぴしゃりと閉じられた。

「………」

軽く溜息《ためいき》をついて、忠太郎は、渡り廊下の向こうの離れに向かった。

離れ座敷の障子の前に両膝をついて、

「――父さん、忠太郎です」

「お、おう……」

返事があったので、忠太郎は障子を開いて六畳の座敷に入る。

でっぷりと太った父親の忠兵衛《ちゅうべえ》が、夜具に身を起こしていた。肩には羽織《はおり》が掛けられている。

昨年の秋に卒中で倒れた忠兵衛は、命は助かったものの、右半身が不自由になってしまった。右手が動かなければ、署名も出来ない。

なので、急遽、一人息子の忠太郎が店を取り仕切ることになったのである。

奉公人たちは、客の前では彼を「旦那様」と呼ぶが、奥では「若旦那」と呼んでいた。そして、忠兵衛は「大旦那様」と呼ばれている。

背中を丸めて、左手で帳面を広げていた忠兵衛が、

「売上は悪くないようだな」

少し不明瞭だが、力のある声で言った。幸い、忠兵衛の発声の機能は損なわれなかったのである。

「はい。今も、お武家に蠟丸が売れました」

「そうか……あの妙な南蛮道具を職人に作らせた時は、つまらん道楽だと思ったが……役に立っているようだな」

「誰しも、下《しも》の悩みを打ち明ける時には、他人に聞かれたくないもの。ですが、四目屋にはかくかくしかじかの伝声管というものがある——という話が広まるだ

けでも、元が取れると思います」

　自慢げに、忠太郎は言った。

「うむ……思っていた以上に、お前には商いの才覚があるようだ。秋になったら、世間に代替わりの挨拶をして、わしは隠居し、お前に正式に忠兵衛の名を継いで貰おう」

「有り難うございます」

　嬉しそうに、忠太郎は頭を下げた。

「そうなると……気がかりなのは、後継《あとつぎ》のことだな」

「はあ」

　四年前に嫁を貰った忠太郎だが、お俊との間に、まだ子供はない。

「でも、何とかなりますよ」

　忠太郎は、あっさりと言った。

「な…何とかなる？」

「はい」

　にこにこ笑う息子の顔を、忠兵衛はじっと見つめていたが、

「うむ……まあ、それもよかろう。世間には、ざらにあることだし」

何かを察したように、納得顔になった。

「そうです。世間には、ざらにあることです」

調子良く頷く、忠太郎なのである。

「話はそれだけだ。横になりたい」

「はい、はい」

忠太郎は、父親を支えて寝かせてやった。

「こうしてな――」と忠兵衛。

「一日中、天井を眺めていると、龍次《りゆうじ》さんのことを思い出す」

「旅商人の龍次さんですな」

「そうだ。最後に来たのが一昨年の師走《しわす》……それから一年半近くも顔を見せない」

「仕入れ先を、よその店に替えたのでは」

「それはないと思う。江戸で、うちよりも品揃えの良い店はないからな」

「そうすると……」

「どこかで、病気か行き倒れになったのかも知れない。旅商人だからなあ」

忠兵衛は溜息をついた。

「わしも、自分が病《やまい》に倒れてみてわかったが……前の日まで元気でも、人の軀《からだ》というのは何がどうなるか……約束はしたが」

「約束？」

「うむ……龍次さんは、何か大願《たいがん》があって旅商人を続けているらしい。その大願を成就できたら、残った品物を届けに来る——と言っていた。無論、買い取ってくれというのじゃない。代金はそのままで、だ。義理堅い人だよ」

「意外と明日あたり、ひょっこり、顔を見せるかも知れませんよ」

父親を元気づけるために、忠太郎は言う。

「そうか…そうだな……もしも龍次さんが来たら、必ず、ここへ通すように」

「わかりました」

上掛けを直しながら、忠太郎は言った。

3

「どうだ、様子は」

四目屋の向かい側の筆屋の二階に、四人の男がいる。

町人の格好をしているが、その物腰は武士のものであった。江戸幕府の庭番である。

「今のところは、卍屋《まんじや》の龍次らしき者は現れません」

「年寄りなどに変装しているかも知れぬ。充分に気をつけるのだ」

「わかりました」

「裏口も四人で見張らせている。何としても龍次を見つけて成敗せねば、我ら庭番の面目が立たぬ」

「しかし……龍次は本当に生きているのでしょうか」

「わからん。深傷《ふかで》を負ったことは間違いないが……ただ、これまでの調べでは、奴が生きていれば必ず四目屋を訪ねてくるはずだ。それを見逃さぬように」

「承知致しました」

「お――小僧が出て来ました」

「丁稚《でっち》小僧の三吉《さんきち》だな。どこかに使いに行くのだろう……」

(団子がいいか、飴《あめ》かな……いや、饅頭《まんじゅう》もいいな)

今年で十二歳の三吉は、忠太郎から貰った駄賃を袂《たもと》の中で弄《もてあそ》びながら、言付《ことづ》けの用事が済んだら何を買い喰いしようか――と考えていた。

その三吉が、元柳河岸《もとやなぎがし》を両国橋の方へ歩いていると、

「――もし、四目屋の小僧さん」

呼び止めた者がいる。

「へい？」

三吉は振り向いて、その人物の方を見た。

4

「んっ……ん、んっ…若旦那、嫌っ」

お松《まつ》が腰を弾《はず》ませて、顔を左右に振る。

「死ぬ…もう、死んじまいますぅうっ！」

そう叫びながら、両足を突っ張って背中を反《そ》らせた。十八歳の若々しい括約筋《かつやくきん》が収縮し、忠太郎は堪《たま》らず、吐精する。

勢いよく聖液を放った忠太郎は、お松の豊かな乳房に顔を埋《うず》めて、快楽の余韻を味わった。汗に濡れたお松の胸は、上下に波打っている。

ややあって——忠太郎は、手を伸ばして枕元の手拭いをとり、お松の胸の汗をふいてやった。

「あら、若旦那……すみません」

「いいんだよ。お前が風邪をひいたら、困るじゃないか。四目屋の後継《あとつぎ》を産んで貰う、大事な軀《からだ》だからね」

その日の夜——本所林町《ほんじょはやしちょう》にある妾宅《しょうたく》であった。

お松は葛西《かさい》の農家の娘で、昨年の晩秋に四目屋に女中として奉公した。ちょうど、忠太郎が店の切り盛りを始めた頃である。

夜遅くまで帳簿と睨めっこしている忠太郎のところへ、お松が夜食の握り飯を持ってきた。

「若旦那、召し上がってください」

そう言ってお盆を置いた時のお松の素朴な顔を見て、忠太郎は突然、むらむらと情欲がこみ上げて来たのである。

女房のお俊とは、半年以上も同衾《どうきん》していなかった。

忠太郎が、お松の腕を摑み引き寄せると、何の抵抗もなく彼の胸にもたれかかる。

「羞《は》かしい……若旦那」

「大丈夫、大丈夫だから」

そう言って、忠太郎は、彼女の裾前《すそまえ》を割って、太腿《ふともも》の奥へ手を差し伸べた……。

――全てが終わって始末紙を使うと、忠太郎は、そこに処女の印しを見出した。

「乱暴にして済まなかったなあ、お松」

「いえ……女が痛いのは最初だけと聞きました」

お松は、まともに目を合わせることが出来ず、着物の襟《えり》を掻き合わせる。

「そうだ。そして、何度もしているうちに、快味を覚えるのだよ」

「何度も……していただけるんですか。あたし、おかみさんのような別嬪《べっぴん》じゃないし……」

「何を言う。お前は、ぽっちゃりとして可愛いじゃないか」

「そんな風に言われたの、あたし、初めてです……」

お松は赤くなって、両手で頬を押さえる。

こうして――忠太郎とお松の関係が始まった。店の者の目を盗んで、こっそり交わっていた二人であったが、

「若旦那、いけませんな」

ある日、番頭の角助に釘を刺された。

「新米の女中と若旦那が店の中でややこしいことをされては、奉公人どもにしめしがつきません」

「しかし、角助。私は遊びじゃない、本気なんだ。お松と別れることは…」

「誰が、別れろと言いましたか」

「え？」

「店の中では、困るのです。お松に暇をやって、外に囲えばよろしい。私も四目屋の番頭、野暮は申しません」

「角助……この通りだ」

忠太郎は、深々と頭を下げた。

「若旦那、奉公人に頭を下げちゃいけませんよ。それより、お松に耳寄りな話を聞きました」

角助は身を乗り出して、

「お松は七人兄妹の三女で、母親も八人兄妹だったそうです」

「ほう……」

「わかりますか、若旦那。お松は若く、健康そのもの。そして、子沢山の家系らしい。気立ても良い。これは、ぜひ、囲うべきです」

つまり、番頭の角助は、お松に忠太郎の子を産んで貰え――というのであった。

「しかし、お俊が……」

「嫁して三年、子なきは去れ――という言葉もあります」

辛辣《しんらつ》なことを言う、角助だ。

「おかみさんの機嫌なんぞより、四目屋の後継の方が大事ですよ、若旦那」

こういう経緯《いきさつ》で、お松は本所の妾宅で暮らすことになったのであった。

この家の場所を知っているのは、番頭の角助と連絡役の三吉だけである……。

「――本当に、あたしが若旦那の子を産んでもいいんですか」

後始末を終えて、座りこんだ忠太郎が煙草を喫っていると、お松が遠慮がちに訊《き》く。

「勿論《もちろん》だよ。父さんだって、それを楽しみにしてるんだ」

「あれ、大旦那様が……」

「前にも話したが――お俊は同業者の娘で、嫁入りは親同士の話し合いで決めたこと、実はお俊には好《す》いた相手がいたんだそうだ。なので、最初から私とは合わなかったんだな。次第に同衾するのも嫌がるようになり、今は形だけの夫婦さ。

でも、世間体《てぃ》というものがあるから、今はまだ離縁するのも難しい」

「……」

「男でも女でも、お前が子を産んでくれたら、それが四目屋の後継だよ」

お松にその子を七五三まで育ててもらい、無事に成長したら、お俊と離縁するつもりの忠太郎であった。そして、お松を後妻に迎えて、子供のことも公《おおやけ》にするのだ。

そこに至るまでは、一悶着《ひともんちゃく》も二《ふた》悶着もあるだろうが、それを乗り越える覚悟の忠太郎なのである。

「だったら、若旦那……」

お松は、忠太郎の股間に顔を寄せて、

「もう一度、子作りをいたしましょうか」

唇と舌で男の道具に奉仕をする、お松なのだ。

「ちょ、ちょっと待ってくれ」

忠太郎は苦笑して、立ち上がる。

「小用《こよう》を足してくる。すぐに戻るよ」

寝間を出た忠太郎は、薄暗い廊下を後架の方へ歩き出したが、

「おや?」

雨戸が半開きになって、月の光が射しこんでいるのに気づいた。

「あそこは閉めたはずだが……」

見ると、廊下に長方形の風呂敷包みが置かれている。

「何だ、これは」

忠太郎は、その風呂敷を開いて見た。

「あっ」

驚愕《きょうがく》した表情で、忠太郎は凍りついたようになった。

中身は、行李《こうり》の旅簞笥《たびだんす》であった。

しかも、その旅簞笥には刃物で斬られたような跡や、何かが突き刺さったような孔《あな》が幾つもあり、黒く乾いた血がこびりついていた。

「まさか……」

忠太郎は震える手で、そっと引き出しを開けてみた。その中には、四目屋の商品の木箱が、幾つか入っている。

「龍次さん、龍次さんなのかいっ」

思わず、忠太郎は庭へ飛び出した。満月に照らされた夜の庭は、水底のように静まりかえっている。

「いたら返事をしてくれ、龍次さんっ」

返答はなかった。

去年の二月に、霧の箱根峠を命賭けで越えようとした男女がいたことを、忠太郎は知る由《よし》もない。

「どうかしたんですか、若旦那」

心配して、お松が様子を見に来た。

「あ、いや……何でもないんだ」

裸足の忠太郎は、廊下へ上がる。そして、雨戸を閉じようとした時、遠くから聞こえて来た音があった。

土鈴の柔らかな響きである。

「龍次さん……」

雨戸を閉めるのも忘れて、忠太郎は、その場に立ちすくんだ。

その忠太郎を、お松は不思議そうに見ていた。

翌年――お松は、元気な男の子を産んだ。

結局、卍屋の龍次が薬研堀の四目屋を訪ねてくることは、二度となかったという。

あとがき

卍屋龍次シリーズの最終巻です。

この作品は連載の最初から全三巻として構成を立ててエピソードを配置したので、その通りに終わることが出来て、デビューしたばかりの物書きとして幸せでした。

ラストの一行も最初から決めていたもので、笹沢左保さんの新股旅物《しんまたたびもの》の影響が如実に表れていますね。

で、第一巻では『女ごろし』、第二巻では『濡れた娘』と番外篇を書下ろしましたが、今回の番外篇は、本篇の後日談となる『夜の鈴』です。

当初は、第三巻の番外篇は「本篇の終わり方からして後日談は無理だな」と思っていたのですが……。

そこが私の天邪鬼《あまのじゃく》なところで、「では、無理を押して後日談を書くとしたら、どんな話にすれば良いのか」と無い知恵を絞ったわけです。

その結果、これまでとは全く別の視点から話を作って、何とか形になりました。

それでも、編集部から「わかりにくい」という駄目出しが出まして（笑）――書き直して、こうなったわけです。


で、著者稿の番外篇を読み直して気づいたのですが――昔、「鳴海さんは、暴力描写満載のチャンバラと明るい人情物の両方を書いているけど、どっちが好きなんですか」と訊かれたことがありまして。念のために言うと、この質問は「片方は、注文があるから仕方なく書いてるんでしょ？」という意味です。

その時は「両方とも好きですよ」という当たり障りのない答え方をしたんですが――実は、正確には「区別をつけてない」んです。

私はたぶん、普通の人よりは不運とかトラブルが少し多い人生を送ってきたと思いますが……世の中には平穏な人生を送ってきた人も、（当然ながら）大勢いるわけですね。

電車の中で座席に座っている人が、強盗殺人で逃亡中の犯人かも知れない。でも、その隣の人は、小学生の娘にスマートフォンを買ってやった方がいいのかどうかが最大の悩みのサラリーマンかも知れない。

同じ空間で隣り合わせていても、二人の人生は全く違うし、見えている風景も違う。世の中とか人生って、そんなものじゃないですかね？

私の敬愛する山手樹一郎さんも、長編は概《おおむ》ねハッピーエンドですが、短編ではシビアなビターエンドもあります。でも、どちらも山手ワールドなんですね。

勿論《もちろん》、バイオレンス物と人情物では、私は意識して文体を変えています。前者では、短い文章でシャープな描写を心懸けていますし、後者では、なるべく軽妙なタッチになるようにしています。

でも、世界は同じ。大量の血が流されている宿場もあれば、親子四人が仲良く暮らしている長屋もある――それが鳴海ワールドです。

今回の番外篇は書き出しが平凡な市井物《しせいもの》になっているので、考えてみると、私としてはハードな作品とヒューマンな作品がクロスした初めてのものかも知れません。

それで、幸運にも四十年くらい物書きをやってますが、「まだまだ自分は駆け出しだなあ」と反省してしまったわけです（笑）。

さて、次は今年の十一月に『若殿はつらいよ』シリーズの第二十巻『ふたり竜之介妖異剣（仮題）』が出る予定ですので、よろしくお願いします。

二〇二四年六月

鳴海　丈

参考資料

『江戸の旅・東海道五十三次』今井金吾（河出書房新社）
『泥坊づくし』三田村鳶魚（河出書房新社）
『忍者と盗賊』戸部新十郎（河出書房新社）
『ストリートチルドレン』国際人道問題独立委員会報告（草土文化）
『幼児売買』広野伊佐美（毎日新聞出版）
『奴隷化される子供』ロジャー・ソーヤー（三一書房）
『江戸の性愛術』渡辺信一郎（新潮社）
『東海道五十三次の事典』森川昭・監修（三省堂）
『松平定信』藤田覚（中央公論新社）
『五街道分間延繪圖・東海道篇』（東京美術）
その他

コスミック・時代文庫

卍屋龍次《まんじやりゅうじ》 聖女狩《せいじょが》り
秘具商人凶艶記

2024年7月25日 初版発行

【著 者】
鳴海《なるみ》 丈《たけし》

【発行者】
佐藤広野

【発 行】
株式会社コスミック出版
〒154-0002 東京都世田谷区下馬6-15-4
代表 TEL.03(5432)7081
営業 TEL.03(5432)7084
FAX.03(5432)7088
編集 TEL.03(5432)7086
FAX.03(5432)7090

【ホームページ】
https://www.cosmicpub.com/

【振替口座】
00110-8-611382

【印刷/製本】
中央精版印刷株式会社

ISBN978-4-7747-6576-1 C0193